TAKE
SHOBO

契約婚の花嫁は呪われ王太子の旦那様に美味しくいただかれました!?

甘々胃袋シェア婚はじめます

犬咲

Illustration
すらだまみ

蜜猫
Mitsuneko F

contents

イラスト／すらだまみ

契約婚の花嫁は呪われ王太子の旦那様に美味しくいただかれました!?

甘々胃袋シェア婚はじめます

プロローグ　失礼にもほどがありませんか⁉

爽やかな初夏の宵。

ソンブレイト王都の外れに建つカランド伯爵邸では、夏の訪れを祝う夜会がひらかれていた。

着飾った人々で賑《にぎ》わう広間の喧騒《けんそう》から逃れるように、月明かりの照らすバルコニーへと出てきたのは、愛らしい顔立ちをした年の頃二十歳ほどの令嬢。

ゆるく波打つクリームがかった金の髪に、子猫のように大きな新緑の瞳が月光にきらめく。

たおやかな右手はドレスの裾を摘まみ、左手には深紅の縁取りがされた白磁の皿が載せられ、品よく盛られたローストビーフが三枚、湯気を立てている。

落ちついた青の地に白いロールカラーが映えるドレスの裾をなびかせ、バルコニーの中央に進み出たところで令嬢――エマは何かに気付いたようにバルコニーの片隅へと視線を向けた。

――まあ、先客がいたのね。

宵闇に紛れるように一組の男女が身を寄せあっているのを目にして、エマは足をとめる。

二人は互いに夢中なようで、エマに気付く様子もない。

「……疼《うず》くかい？　私もだよ」

「ふふ、わかりますわ。これを通して伝わってきますもの」

熱く囁《ささや》きあう声が耳に届き、身を寄せあっているだけだと思っていた二人が互いの下腹部をまさぐりあっていることに気付いて、エマは思わず「えっ」と声を上げてしまった。

その瞬間、くっついていた影がパッと離れる。

直後、わざとらしい男の咳払《せきばら》いが響いたと思うと「さあ、充分涼んだだろう。戻ろうか」と連れの令嬢に声をかけるのが聞こえて、着飾った若い男女が月明かりの下へと歩み出てくる。

そして、エマの姿をみとめるなり、二人そろってパチリと目をみはった。

「……まあ、珍しい」

血の気の薄い頬《ほお》に紅を刷いた華奢《きやしや》な令嬢が、連れの青年の耳に唇を寄せて、聞こえよがしに囁く。

「……雌牛《めうし》令嬢ですわ。近頃は見かけなかったのに、いつ牧場から出てきたのでしょうね」

「さあ、そろそろ繁殖の時期なんじゃないか？」

クスクスと笑いつつ好奇と欲情まじりの視線を——主に胸の辺りに——向けてくる青年を、エマが毅然《きぜん》と睨《にら》み返すと、青年はバツが悪そうに目をそらした。

「……行こう。暴食の雌牛にかまっている暇はないさ」

「ええ、牛は牧場でながめるものですものね」

そんな捨《す》て台詞《ぜりふ》を残してそそくさと去っていく二人を、エマは冷ややかなまなざしで見送り、足音が聞こえなくなったところで、溜《た》め息《いき》を一つこぼしてから、そっと視線を下げた。

――暴食の雌牛ね……。

真珠のブローチが飾られたロールカラーの下、ドンと前に突きだした豊かなふくらみと取り皿に載った料理が目に入る。

――普通に食べて育っただけなのに、失礼な話だわ！

心の中で叫ぶものの、口には出さない。

エマにとっての「普通」が社交界では「普通ではない」ということを嫌というほどわかっているからだ。

この国の社交界では、慎《つつ》ましく控えめであることが女性の美徳とされる。

肌は青い血管が透けるほどに白く、少年のように平たく華奢な身体を持ち、口にする意見と食事の量は少なければ少ないほどいい。

朝陽に溶ける雪の妖精のごとく、儚《はかな》げで可憐《かれん》で物静かな乙女こそが理想とされているのだ。

そのため、貴族の女子は十歳ほどになると食事制限を課せられる。

朝はミルクか野菜のスープ一杯、昼もスープ一杯、晩餐《ばんさん》は少し豪華になってスープに薄切りのバゲット一枚と、一粒か二粒の葡萄《ぶどう》や苺《いちご》などの果物がつく、と言った具合に。

そうすれば自然と成長がゆるやかになり、胃が小さくなって、理想の乙女に近付くからだ。

けれど、エマの両親であるクロスベル伯爵夫妻はそうしなかった。

予定日よりも一カ月早く、難産の果てに生まれたエマはひどく小さく、それこそ朝陽に儚くなりそうなほどに弱弱しい赤子だった。

それは歩ける年になっても変わらず、「この子は十歳までは生きられないでしょう」と沈痛な面持ちで医師から宣告された両親と七歳上の兄は「とにかく元気に育ってほしい!」と願い、エマに栄養と愛情を惜しみなく注ぎ続けた。

その結果、エマは十歳まで生きられないどころか、いつの間にか元気溌剌《はつらつ》、何でも美味《おい》しく食べる健やかボディの乙女へと育っていたのだ。

淡く薔薇色《ばらいろ》がかったミルク色の肌は赤子のように艶々として血色が良く、すんなりと伸びた手足にくびれた腰、豊かに育ったふたつの胸のふくらみ。

時代や身分が違えば好感をもたれたかもしれない健やかな体型や食欲は、この国の社交界では歓迎されず、エマは三度も婚約を解消することとなった。

最初の婚約を結んだのは社交界デビューの年、十六のときだ。

五歳上の婚約者は二人きりになるたびに、エマの胸を「下品だ」「見苦しい」「潰せ」と責め、晩餐の席では「同じ食卓に着くのが恥ずかしい」と侮蔑の耳打ちをしてきた。

あげくの果てに「君では勃たない。抱けない女を妻にはできない」と身勝手な通告と共に縁を切られ、エマはひどく傷つくこととなった。

二人目の婚約者からは、彼の望む量の食事に変えるように命じられた。

おなかが空いてしかたなかったが、それでも「いつかは慣れるはず」と頑張ってみたものの、三カ月ほどで月のものがとまり、立ちくらみを起こして倒れてしまった。

みかねた父が先方に「元の食事に戻させてほしい」と頼んだところ、「暴食の雌牛はいらない」と破談にされた。

理想の妻を求める男たちの心ない言葉や仕打ちに、エマは傷付き、憤り、そして、一昨年。十八の年に三人目の婚約者となった男に「妻として連れ歩きたくはないが、いい子を産んでくれそうだ」などと言いながら尻を揉《も》まれ、盛大に平手打ちをおみまいしながら、決めた。

もう結婚なんてしない。

夫に恥をかかせる妻にしかなれないなら、大切にしてもらえないのなら、自分を否定しないですむよう、自分の身は自分で養って生きていこう——と。

三人目の婚約者の家に怒鳴りこみにいこうとする両親と兄をなだめ、その決意を伝えると、エマの愛する——エマを愛する人々は目に涙を浮かべながら、「その方がエマは幸せかもしれないね」と頷《うなず》いてくれた。

それからというもの、エマは父や兄の仕事を手伝いつつ、貴族の子女向けの家庭教師として身を立てるべく勉学に打ちこんできた。

そのため、ここ二年ほど華やかな催しから遠ざかっていたのだが、今宵《こよい》の夜会の主催であるカランド伯爵は母方の叔父でもあり、「久しぶりに顔が見たい」と言われて断れなかったのだ。

──でも……やはり、来なければよかったわ。

そっと溜め息をこぼしつつ、手にした皿に視線を向ける。

──これを食べたら、もうお暇《いとま》しましょう。

皿の上には、ゆるく畳まれた薄切りのローストビーフが三枚、ホカホカと湯気を立てている。トロリとかけられたグレイビーソース、すりおろしたホースラディッシュが添えられ、薔薇《ばら》色の肉と深みのあるソースのブラウン、ホースラディッシュの白の対比が目にも美味しい。

カランド領は牧畜が盛んで、クロスベル領から飼料となる穀物を大量に仕入れてくれている。近ごろは品種改良にも力を入れているとかで、今、エマが手にしている一皿も、その成果の一つらしい。

牛の味は飼料で変わる。新しくなった品種に今までの飼料が合わない可能性もあるかと考え、せっかくなので味をみて父と兄に報告しようと思ったのだ。

とはいえ、人前で食べては何を言われるかわからないので、こうしてバルコニーに出てきたわけだが……。

「……欲張った罰が当たったのかしらね」

給仕にローストビーフを取り分けてもらう際に「何枚にしますか？」と問われて、ついつい、「二……いえ、三枚お願いします」と答えてしまったのがいけなかったのかもしれない。

「……まあ、仕方ないわよね。しっかり味を確かめるには、一枚では不充分ですもの」

そんなことを誰に言うとはなしに口にしつつ、エマは皿に置かれたフォークを手に取った。

まずは素材の味を楽しむため、あまりソースのかかっていない一番端の一枚を、そっと口に運ぶ。

――ん、美味しい。

臭みがなく、しっとりとやわらかい肉には、ほどよく塩が利かせてある。

噛《か》みしめると、どこか力強さを感じる肉の旨《うま》みが口いっぱいに広がっていく。

そこにグレイビーソースの味わいがそっと混ざってくるのだが、ソースも肉汁を活《い》かした味付けになっていて、旨みの相乗効果を生み出している。

ここにホースラディッシュの爽やかな辛みが加われば、いっそう素晴らしい風味になることだろう。一枚目を食べるそばから、もう二枚目が楽しみでならない。

――ああ、これが食べられただけで、来たかいがあったわね……！

エマは命に感謝を捧《ささ》げながら、しっかりと味わい、うんうんと頷き目を細めた。

――すごく美味しい。それに熱々だわ。

手にした皿に視線を向けて、深紅の縁取りに目を引かれる。

蔓草《つるくさ》模様のようなそれは、よくよく見ると規則的な紋様の連なりになっているようだった。

――ああ、模様じゃなくて、魔紋なのね。

保温の効果を持つ魔紋が付けられた食器を使っているから冷めないのだ。

魔紋とは、不思議な呪《まじな》い——魔術的な力がこめられた紋様のことで、それを扱う者は魔紋師と呼ばれている。

普通の人間が「おいしくなーれ」と唱えてオムレツにトマトソースで文字を書いたところで気休めにしかならないが、魔紋師が同じ台詞《せりふ》を口にしながら決められた紋様を描けば、それは食べる者に強制的に「おいしい」と感じさせる力を持ったオムレツになる。

魔紋とは、そういうものだ。

色々と便利な力ではあるのだが、当然、悪用もできるということで、魔紋師は基本的に国で管理、育成されており、生物への魔紋の付与は禁じられている——のだが。

ふと先ほどの若い男女の姿が頭をよぎり、エマは二枚目のローストビーフに伸ばしかけた手をとめた。

——あ、さっきの二人、もしかして……?

チラリと広間の方を振り返ってから、また前に向き直り、そっと頬を染める。

——噂《うわさ》だと思っていたけれど……本当に使っている人がいるのね。

人体への魔紋付与は禁忌とされている。

けれど、近頃、若い男女の間でとある魔紋が流行《はや》っているらしい。

その魔紋とは互いの下腹部に対になる紋様を入れ、身体の感覚——「快感」や「性的興奮」

をわけあうもので、身体の疼きや昂《たか》ぶりが、魔紋を通して相手に伝わるのだという。

先ほどの二人のように。

――確か、「淫紋」と呼ぶのよね……。

淫紋は対となる相手以外と身体をつなげると解けてしまう――つまり不貞防止になるため、「互い の想《おも》いを伝えあう愛情の証《あかし》」として恋人達の間でひそかな人気なのだそうだ。

クロスベルの屋敷でも、階段の下で従僕の一人が恋仲のメイドを抱きしめながら、「僕たちもつけてみたいね」と囁いているところにうっかり行きあったことがある。

メイドの方は「そんなの噂に決まっているじゃない。本当だとしても、付けてくれる魔紋師をどうやって見つけるのよ」と呆《あき》れたように返していたが……。

確かに禁忌の魔紋を付与してくれる魔紋師など、そう簡単には見つからないだろう。

それもそうだと思ったが、先ほどの二人は見つけられたというわけだ。

――自分の身体に魔紋を入れるなんて、怖くなかったのかしら。

もしも失敗すれば、どうなるかわからないというのに。

その禁忌を犯してでも、互いの愛を証明したかったということなのだろうか。

――そこまで想いあえるなんて……すてきね。

自分には、そのような相手も機会も、この先きっと現れないし望めない。

しんみりと心が沈みそうになって、エマは慌てて頭を振って憂いを追いはらうと、ギュッとフォークを握りなおした。

——いいえ、恋をするだけが女の幸せではないわ!

恋がしたいなら物語の中で充分だ。

本棚から好きなときに取りだして、いくらでも楽しめる。現実でする必要はない。

——幸せの形は人それぞれ! 私は私なりの幸せを見つければいいのよ!

とりあえず、目の前の小さな幸せから味わおう。

気持ちを切りかえて二枚目のローストビーフを口に運び、あんぐりと口をひらいて頬張《ほおば》ろうとしたそのとき。

広間の方から近付いてくる足音が聞こえて、エマは慌ててフォークを置いて振り返って——パチリと目をみはる。

月明かりの下に現れたのは、青い夜の化身のような人だった。

——クラウス殿下。

心の中でその名を呟《つぶや》く。敬意と、ほんの少しの憧れをこめて。

さらりと整えられた艶《つや》やかな黒髪、凛々《りり》しい眉、スッと伸びた鼻梁《びりょう》に形の良い唇。

切れ長の涼やかな目を囲む睫毛《まつげ》は煙るように長く、深い青の瞳は、まるで月に照らされた冬の湖面のように冴え冴《さざ》えと輝いている。

均整の取れた長身を包むのは光沢のある絹のドレスシャツ、黒に近い藍色の地に精緻な銀糸の刺繍《ししゅう》をあしらった上着とベストに白のトラウザーズ。

シャツの襟を飾るクラヴァットには、一粒のダイヤモンドのピンが留《と》められ、厳かな輝きを放っている。

その色数を抑えた装いがまた、彼——この国の王太子であるクラウス・ソンブレイトの持つ、静謐《せいひつ》な美しさを引き立たせていた。

——相変わらず、おきれいな方。

これほど近くで彼を目にするのは四年前、デビュタントの舞踏会以来だ。

——でも……何だかお痩せになった?

記憶の中の面影よりも頬のあたりが引き締まったというか、少しそげたように見える。

といっても当時の彼が太っていたというわけではない。

今と変わらず、美しかった。

その年に社交界デビューを迎えた令嬢が一人一人、王太子の前に進み出て、一言ずつ言葉を交わしたのだが、あのときも、エマは思わず言葉を失って彼に見惚《みと》れてしまった。

彼の傍《かたわ》らに控える侍従の咳《せき》払いで我に返って、慌てて頭を下げたのだが、クラウスはエマの失態を特に咎《とが》めることなく言葉をくれた。

デビューへの祝いと、もう一つ、短いがエマの心に深く残る、呟きめいた一言を。

「君だけは、春の女神のようだな」と。

雪の精のように白く儚げな令嬢たちの中で一人、エマだけが、艶々と血色の良い頬をしていたからだろう。

深い意味などなかったに違いないし、もしかしたら嫌味《いやみ》だったのかもしれない。

けれど、あの言葉は、エマが男性からもらった、初めてで唯一《ただひと》つの嬉《うれ》しい言葉だった。

あの日からエマの中でクラウスは特別な存在になったのだ。

心の片隅に灯《とも》った仄《ほの》かな光。淡く甘い憧れ、初恋めいた存在に。

——なんて思い出に浸っている場合ではないわね。

彼がバルコニーに涼みに来たのなら、もうここで食事はできない。

速やかに立ち去るべきだろう。

「……失礼いたしました」

まばたき三回分ほどの間の鑑賞と回想から我に返ると、エマはドレスの裾を摘まみ、努めて優雅に見えるように心掛けながら腰を落とす。

そして暇を告げようとした——そのとき。

「いや、待ってくれ、エマ嬢」

低く響きの良い声で名を呼ばれ、エマは小さく目をみはった。

——どうして私の名を？

覚えていてくれたのかという驚きと仄かな喜びが胸をよぎり、けれど、彼の視線がエマの手にした皿に注がれていることに気付いて、ああ、そうか、と納得する。

この国の社交界で夜会のビュッフェに並び、ローストビーフを三枚――今は二枚だが――も皿に盛って食べる令嬢など、エマの他にいない。

一目瞭然ならぬ二肉瞭然というやつだ。

――がっついていると呆れてらっしゃるのでしょうね。

きっと「淑女がそのようなことをするものではない」と窘《たしな》めるために引きとめたのだろう。

――やはり、欲張らずに二枚にしておけばよかったわ。

ローストビーフ一枚ならば見逃してもらえたかもしれない。

気まずく情けないような思いで「はい、殿下」と答えて次の言葉を待っていると、クラウスはジッとローストビーフを見つめてから、エマに向き直って口をひらいた。

「ローストビーフが好きなのか？」

予想外の問いにエマは目をみはる。

静かに問う声に侮蔑や呆れの色は感じられなかった。

「は、はい」

戸惑いつつも素直に頷くと、彼は「そうか」と頷き、またエマの手にした皿に視線を向ける。

「もう少し食べられるか？」

またしても意外な質問に面食らうが、エマはまたしても素直に「はい。もう三……」と言い

かけてから、少しだけ見栄《みえ》を張った答えを返した。

「……一枚くらいでしたら大丈夫です」

あからさまな過少申告に何を思ったのか。

一瞬、クラウスの口元に微《かす》かな笑みが浮かんで消えるのを目にして、エマの鼓動が跳ねる。

彼の笑顔を見たのは初めてだ。

たとえ呆れからくる嘲笑だったとしても、一瞬の微笑はエマの胸を騒がせるのに充分なほど美しいものだった。

――いやだわ、この程度のことでドキドキするなんて。

それにしても、いったいこの質問にどのような意味があるのだろう。

彼の意図がわからず戸惑いながらも次の言葉を待っていると、クラウスはエマ――ではなく皿を見つめたまま、ふと表情を引き締めて口をひらいた。

「……エマ嬢、実は、君に折り入って頼みがあるのだ」

「頼み、でございますか？」

王太子である彼が、一介の伯爵令嬢であるエマに何の頼みがあるというのだろう。

ますます困惑するエマにクラウスが「ああ」と頷き、少しのためらいを挟んでから、覚悟を決めたように言葉を続ける。

「ここ数カ月の間、私はずっと探していた。今の私の力となり、支えてくれる女性を……」

真剣な面持ちで皿に向かって告げられ、エマは小さく息を呑《の》む。

力となり、支えてくれる女性とは「伴侶となる女性」ということだろうか。

まさか、と思いながらも心のどこかでは、もしや、と期待が生まれてしまう。

——あの噂は本当だったのかしら……?

今年二十五になるクラウスに婚約者はいない。

七年前に国王と王妃が相次いで病の療養に入り、以来、彼が政務を一手に担っているため、「候補を探している暇がないのだろう」と言う者もいれば、「ひどい女嫌いなのではないか」と面白半分に口にする者もいた。

もっとも、これまでクラウスには色めいた噂一つなく、夜会で女性に囲まれても、笑顔一つ見せることなく最低限の会話をすますと立ち去ってしまうという評判だったので、そう勘ぐる者がいても無理はない。

けれど、近頃、とある噂が流れていたのだ。

今までは顔を出さなかったような小さな夜会に、クラウスが頻繁に顔を出している。

いよいよ王の身が危うくなり、急いで身を固める必要が出てきたために、花嫁を探しているのではないかと。

——そうだとしても、私のような女が選ばれるはずはないわ。

そう、自分のような「暴食の雌牛」が選ばれるはずがないのだ。

それでも、期待がふくらむのを抑えきれず、皿を持っていない方の手で高鳴る胸を押さえたところで、スッと彼の視線がエマの手元――豊かに育ったふくらみへと動く。

その瞬間、微かに眉を寄せてボソリと呟く声が聞こえた。

「……できれば、君だけは選びたくなかったのだが」

「え?」

パチリとエマが目をみはったところで、スッと顔を上げたクラウスはエマの目を射抜くように見すえて――凛《りん》とした声で告げた。

「エマ嬢、その良質な脂肪と食欲を見こんで頼みがある。どうか、私と結婚してくれ」と。

――失礼にもほどがありませんか⁉

心の中でエマが、そう叫んだのも当然だと思う。

手にした皿を反射的に彼の顔に叩《たた》きつけなかっただけ、むしろ褒めてもらいたい。

いくら王太子とはいえ、ここまであからさまな侮辱の言葉をぶつけられて、腹を立てるなというのも無理な話だ。

――罵倒しながらプロポーズなんて、どういうおつもりなのかしら！

冗談にしても趣味が悪すぎる。

彼への憧れがボロボロと崩れていくのを感じながら、キュッと拳を握りしめ、皿の代わりに断り文句を丁重に叩きつけようとしたそのとき。

ぐう〜きゅるる——静まり返ったバルコニーに盛大な腹の虫の音が響いた。

——いやだわ、こんなときに……！

カッと頬が熱くなり、とっさに自分の腹を押さえて、それから、あれ、と首を傾《かし》げる。

——私……じゃない？

空腹を訴える鳴き声をあげたのは、エマの胃ではなかった。

まさか、と顔を上げると、クラウスは恥じらうように目元を片手で覆い隠していた。

「……みっともない音を聞かせて、すまない」

呟く声にも羞恥の色が滲《にじ》んでいる。

「え、あ、いえ」

やはり今のはクラウスの腹の虫だったのだ。

——おなかが空いていらっしゃるのね。

そうわかったところで彼への怒りがスッと薄れる。

——きっと今日はお忙しくて、食事を取る暇がなかったのだわ。

先ほどの言葉への不満はまだあるにはあるが、それでも、空腹時の暴言ならば、少しばかり大目に見ようという気にもなった。

クラウスが食事をとれないほどに忙しく働いているのは国のため、ひいてはエマたち国民のためなのだろうから。

それに、文句を言うにしても、彼の腹が満たされてからでも遅くはないだろう。

「……あの、先に広間で何か召し上がってはいかがですか？　お戻りになるまで、お待ちしておりますので」

エマの提案にクラウスはなぜか小さく息を呑み、それから目元を覆う手をゆっくりと下ろし、睫毛を伏せたまま首を横に振った。

「……いや、いい」

「ですが……」

「食べられないのだ」

「食べられない？　胃の具合がお悪いのですか？」

「いや、胃ではない」

ポツリと答えて溜め息を一つこぼすと、クラウスは睫毛を上げてエマと向きあった。

「……これは君に求婚する理由でもある。私は今、とある事情を抱えて困っているのだ」

「事情、でございますか？」

先ほどの求婚は悪趣味な冗談ではなかったのだ。

戸惑うエマを見つめる青の瞳は真剣そのもので、どこかすがるような色も滲んでいる。

「ああ。……見てもらった方が早いだろう」

そう言うと彼はサッと周囲に視線を走らせ、そして、事情とやらを見せてくれた。

形の良い唇がひらいて、そっと突きだされた舌。

艶《なまめ》かしく濡《ぬ》れた赤色にドキリとして、直後、エマはパチリと目をみはる。

その根元近くにエマが手にした皿と同じ――ではないだろうが――黒々とした魔紋が焼印のように刻まれていたのだ。

――いったいどうしてそんなところに、そんなものが……!?

驚きに言葉を失い、食い入るように見つめていたのは、どれほどの間か。

やがて、そっと彼が舌をしまって口を閉じ、口元を手で覆い、溜め息をこぼした。

「見てのとおり、私は魔紋をつけられ……いや、呪いをかけられているのだ」

その呪いのせいで、エマと結婚する必要があるということなのだろう。

本当に、本気で、求婚されたのだ。

そう理解したとたん、にわかに鼓動が速まるのを感じた。

「そ、そうなのですね。わかりました。お話を聞かせてください」

内心の動揺を押し隠して微笑《ほほえ》むと、クラウスの表情がホッとしたようにわずかにゆるむ。

「ありがとう。……ここでは何だ。場所を移そう」

エマは知らなかったが、このとき、クラウスは半年に亘《わた》る拷問めいた食生活の影響で、心身ともに限界だったのだ。

同時に、エマも平静とは言い難《にく》い状態だった。

だから、二人とも気付くことができなかったのだ。

未婚の男女が二人きり、人気のない場所に移動することの「社会的な危険性」に。

そして、その夜。

足早に空き部屋に消えていくクラウスとエマの姿は多くの客人に目撃され、「王太子が雌牛令嬢に手をつけた」という噂がまたたく間に――それこそ、その夜のうちに――社交界を駆け巡ることとなったのだった。

第一章　好きにならないように、気をつけないと

突然の求婚から三日後の夕暮れ。

——ああ、クラクラする。

王宮の一室で、エマは暖炉の前の安楽寝椅子《シェーズロング》の頭置きにもたれて、晩餐の時間を待っていた。

白と金、薔薇色を基調とした部屋は本来、王太子妃となる者が住まう居室だ。

白い壁に金色の繰型装飾が施され、床から天井近くまで届く大きなアーチ窓では、金の薔薇を織り上げたゴブラン織のカーテンがタッセルでくくられ、優美なドレープを描く。

床にはメダリオン柄の薔薇色の絨毯《じゅうたん》が敷かれ、安楽長椅子や窓辺に置かれたテーブルセットの椅子の座面、四柱式寝台の天蓋《てんがい》や帳《とばり》は、絨毯と同じ色で揃《そろ》えられている。

一つ一つの家具は一見して派手さはないものの、じっくりとながめると椅子の背に描かれた薔薇の花弁一枚一枚が嵌《は》めこみの象嵌《ぞうがん》細工になっていたりと職人の粋を尽くしたものばかりだ。

——私にはもったいないくらい、すてきな部屋だわ。

美しいだけでなく、壁の一部が隠し扉になっているそうで、そこを通って王宮の裏手に出ら

れるらしい。実用性もバッチリだ。

——隠し通路があるなんて、さすがは王太子妃の部屋よね。

王太子妃ではないエマがどうしてここにいるのかというと、一カ月後に行われるクラウスとの婚礼の準備のため——という名目で——一足早くここで暮らすことになったためだ。

どうしてそうなったのかといえば、エマが願ったからだ。

すぐにでもクラウスのそばに行き、彼を支えたいと。

両親と兄は渋ったが、どうしても、とエマが説き伏せた。

——お願いして正解だったわね。

くう、きゅるる——と腹から響いた音に目をつむり、エマは右手で胃のあたりを押さえて、それから、そっとその手を下腹部に滑らせた。

深緑色のドレスに隠れているが、そこには今、禁忌の魔紋が刻まれている。

この部屋に来て、すぐに宮廷魔紋師に入れられたのだ。

——淫紋を基《もと》にしていると言うから、どんなものかと思ったけれど……。

見せられた図案は恐れていたほど卑猥《ひわい》なものではなく、存外に可愛《かわい》らしい意匠をしていて、ホッとしたものだ。

——薔薇でも百合《ゆり》でもなくて、ザクロなのが、それらしいといえばそれらしいかしらね。

呪《まじな》いの言葉を呟きながら引かれた金色の線。

ザクロの花と蕾《つぼみ》、枝葉が左右に羽を広げるように伸びるデザインは、花冠を正面から描いたようにも見える。

——殿下の方には、蜂の翅《はね》がデザインされているそうだけれど……。

花と蜜蜂。対となるに相応《ふさわ》しいデザインだろう。

——でも、蜜を集める蜂は雌よね？

最初にこの魔紋を考えた人間はそのあたりは知らなかったのか、それとも細かいことは気にしないことにしたのか。

うーん、と首を傾げつつ、エマはドレスの上から、なだめるように魔紋を撫《な》でる。

白い肌に蜂蜜で描いたような金色の紋様は、入れてすぐは淡く光っているだけで、特に何も感じなかった。

けれど、しばらくして突然、ジワリと熱を持ったと思うと、エマに急激な変化をもたらしたのだ。

きっとあの瞬間、クラウスの方にも魔紋が入り、二人の感覚が繋《つな》がったのだろう。

そして、エマは感じることとなった。

下腹部に広がる甘い疼き——ではなく、眩暈《めまい》を起こすほどに強烈な空腹感を。

そう、これは「淫紋」ではない。淫紋を基にした応用紋だ。

男女でしか、かけられないという点や、定着のために性行為が必要となる点は同じ。

けれど、わけあうのは「快感」や「性的興奮」ではない。

それらの代わりに摂取した栄養をわけあう、いわば「給餌紋《きゅうじ》」と呼ぶべきものなのだ。

クラウスの代わりに二人分の食事をして、彼の胃袋の代わりになる。

それがエマに求められる役割で、この結婚の目的。

いわば、胃袋シェア婚といったところだろうか。

――胃袋目当てで求婚される女なんて、私くらいなものでしょうね。

年頃の女性としては複雑なものを感じなくもないが、それでも、エマは迷わずにクラウスの求婚に頷いた。

彼と空き部屋に消えたことで噂が立ってしまったこともあるが、そうならなかったとしても、エマはこの提案を承諾しただろう。

――だって……何を食べても腐った味がするなんて、あんまりじゃない！

あの後、バルコニーから空き部屋に移動し、打ち明けられた呪いの内容は実に痛ましいものだった。


半年前、クラウスがいつものように晩餐の席に着き、手にしたスプーンでスープをすくい、口に運んだ瞬間。

焼けるような熱さを舌に感じたと思うと、直後、強烈な悪臭が口内に広がったのだという。

ツンと生臭く吐き気を催すような、奇妙な酸味を帯びた腐った肉の臭いが。

クラウスは反射的にナプキンで口を押さえて吐きだし、すぐさま料理人を呼ぼうとしたが、思いとどまった。

口内には、絶えず吐き気がこみあげるほどの強烈な腐臭が残っているというのに、目の前で湯気を立てるスープからはそれが感じられなかったからだ。

ぐるりと食卓を見渡しても、王やその他の同席者は「どうした?」と怪訝《けげん》そうにしながら、同じスープを平気な顔で口にしている。

いったいどういうことなのかと戸惑いながら、クラウスはスプーンを手に取り、もう一杯、スープをすくって鼻先に近付けた。

見た目も香りも、食欲をそそる香ばしいもので、とても腐っているようには思えない。

けれど、そっと口に含んだ瞬間。

クラウスはスプーンを投げすて、再びナプキンを口に押し当てることとなった。

口に入れた瞬間、香ばしい匂いは腐臭に、繊細なブイヨンの旨みは舌を蝕《むしば》む汚物へと変わっていた。

異常なのは卓の料理ではなく、自分の舌なのだ。

そう察したクラウスは手鏡を取りだし、舌を映して、そこに黒々とした魔紋が刻まれているのを確かめた後、宮廷魔紋師長を呼びつけた。

そして、調査の結果、クラウスが使ったスプーンに「舌にふれたら発動する」魔紋が仕掛けられていたことがわかったのだ。

その翌日には犯人とおぼしき者も判明した。

アルロ・ミラーという宮廷魔紋師の男。

いや、そのときはもう宮廷魔紋師「だった」男になっていた。

彼が配膳室から足早に出てくる姿を何人かの人間が目撃しており、話を聞こうとクラウスの侍従がアルロの部屋を訪れたところ、既にもぬけの殻だった。

その後の調査で、彼が違法な魔紋付与を行っていたことが判明した。

社交界で噂になっていた「淫紋」は彼の手によるものだったのだ。

その上、年頃の令嬢に対して「淫紋を定着させるために必要な行為だ」と嘘《うそ》をつき、不埒《ふらち》なまねをしていたとかで、令嬢たちの親や婚約者が訴えを起こそうとしていたという。

だから、悪事が露呈する前に逃げようと思ったのだろう。

最後の置き土産の呪いをクラウスに残して。

クラウスは若い男女の間で「淫紋」が流行っていることを知り、調査を命じていた。

それを耳にした令嬢たちが「暴かれる前に自分から言おう」と、意を決してアルロの行いを親に打ち明けたため、アルロは追いつめられることとなったのだ。

きっと、そのことを逆恨みしたのだろう。

以降、半年が経《た》つが、アルロの行方はわかっていない。

クラウスにかけられた呪いが解けていないため、生きているのは確かなのだろう。

魔紋は、それをかけた魔紋師が死ねば消えるものだから。

もしかすると、このまま見つからない可能性もある。

だから、クラウスはエマに助けを求めることにしたのだ。

身体を繋げて、自分の代わりに食べてもらうために。


淡々と事情を語りおえた後、「どうか、頼む」と頭を垂れていたクラウスの様子を思いだし、エマは痛ましげに眉をひそめて、そっと溜め息をこぼした。

――本当に、お気の毒な話よね。

人は食べないと生きられない。

それなのに、今の彼にとって、その行為自体が拷問のようなものなのだ。

ここ半年の間、クラウスが文字通り「味わってきた」苦痛を思えば、あまりの不憫《ふびん》さに胸が苦しくなる。

左手で胸を押さえたところで、また一つ腹の虫が鳴く。おなかが空いて眩暈がしそうだ。

エマは右手を下腹部から胃の上にずらして、深々と溜め息をついた。

――こんなに辛いなんて……本当に、早めにお願いしてよかったわ。

クラウスは「魔紋を繋ぐのは、婚儀をすませてからでかまわない」と言ってくれたのだが、彼の呪いの内容を聞いて、一日でも早い方がいいだろうと思ったのだ。

あの夜会ではあんまりなプロポーズに憤慨して憧れを裏切られたような気になったが、事情を知ってみれば怒りも消えた。

確かに、今の彼に必要なのは「良質な脂肪と食欲」を持つ女性に他ならないだろうから。

——愛しているなんて嘘をつかれて、後で本音がわかった方が傷付くものね。

きっと、クラウスなりに誠意を示してくれたのだろう。

ならばエマもその誠意に応えて、彼の役に立ちたい。

——よし、今日から……今日もだけれど、しっかり食べるわよ！

ひとまず今夜の晩餐から、しっかり食べて、彼の身も心も満たしてあげたい。

そう心に決めたところでノックの音が鳴り響き、エマは寝椅子から身を起こし、正餐室《せいさん》へと向かうべく立ち上がった。

＊　＊　＊

白いテーブルクロスがかけられ、枝付きの燭台《しょくだい》と花で飾られた長テーブル。

その上席に暖炉を背にして座す王から一つの空席を挟んだ斜め向かい、クラウスの正面の席に腰を下ろしながら、エマは心の中で呟いた。

――クラウス殿下は父親似なのね。

ソンブレイト国王は、クラウスの父親だと一目でわかる顔立ちをしていた。

祖国で静養中という王妃は亜麻色の髪にオリーブグリーンの瞳だと聞いているので、色彩も父親から受け継いだのだろう。

けれど、クラウスと同じ黒髪は白いものが混じり、不摂生な生活をしているのか、目の下や頬がたるみ、目蓋も少しはれぼったい。

まだ晩餐がはじまっていないというのに、給仕にワインを注がせては、すいすいとグラスを空けていくところを見ると、ずいぶんな酒好きのようだ。

病気療養中だというのに、あのような飲み方をしては身体に障るのではないだろうか。

――でも、殿下がおとめにならないということは、問題ないということなのかしら……？

そっとクラウスの様子を窺《うかが》えば、クラウスは父親の暴飲を咎めるでも眉をひそめるでもなく、凪《な》いだまなざしをテーブルに向けていた。

彼の前にはカトラリーはおろか、水のグラスさえも用意されていない。

あらかじめ聞かされていたものの、こうして実際に目にすると、何だか胸が締めつけられるような心地になった。

――本当に、食べられないのね……。

魔紋を通して、痛いほどの空腹を感じているのが伝わってくるというのに。

涼しげな顔をしているのが却《かえ》って痛ましく思えて、思わず眉を下げたそのときだった。

ノックもなしに扉がひらき、一人の小柄な女性が正餐室に駆けこんできたのだ。

「――ごめんなさい、遅れてしまったわ！」

甲高い声に振り向き、その顔を認めるよりも早く、その女性は金色の髪と真紅のドレスの裾をなびかせてエマの後ろを走りぬけ、王の傍らの椅子に滑りこむように腰を下ろした。

「おお、待ちかねたぞ。私の小鳥よ！」

「ふふ、ごめんなさい。どうしても髪型が決まらなくって！」

小鳥というよりも子猫に話しかけるような甘ったるい声で呼ばれた女性は、悪びれる様子もなく、華奢な肩をひょいとすくめて答える。

それから、ぐるりとテーブルを見渡し、エマを認めるなり、パチリと目をみはって叫んだ。

「まあ！　ねえ、陛下、この大きい女性はどなた？」

少女めいたあどけない口調で放たれた不躾《ぶしつけ》な問いに、王が答えを返すより早く、クラウスが口をひらく。

「私の妻となる人です」

「まあ！　こんなに大きい方が？」

「私よりはずっと小さいでしょう」

「そりゃあ、クラウス様は男性ですもの！　でも、私に比べたらずっと大きいわ！　胸なんて、私の顔くらいあるんじゃないかしら？」

「メアリー殿、ここは父の寝室ではない。品のない物言いはやめていただきたい」

女性の方を見もせずにクラウスが静かに咎めると、女性は「あら、ごめんなさい」と口元を押さえて微笑んだ。

「悪気はないのよ？　だって、こんなに大きな女性は珍しくって、つい」

「はは、おまえはいくつになっても子供のようだなぁ」

微笑ましそうに女性の頭を撫でる王の姿に、エマは思わず眉をひそめそうになるのを堪える。

――ああ、この方が……陛下の「真実の愛」のお相手なのね。

彼女の存在は、この国の社交界では有名だ。

貧しい男爵家に生まれながらも、二十年前のデビュタントの舞踏会でみそめられ、以後、王の寵愛《ちょうあい》を一身に受けている幸運で厚顔な女性として。

一昔前はそのようにして王妃や王太子妃を選ぶことは珍しくなかったそうだが、生憎《あいにく》、当時の王には既に正式な后《きさき》も跡継ぎとなるクラウスもいた。

けれど、王は「彼女こそ私の運命だ！」と言いはって、舞踏会から数日後には彼女に公妾の座を与え、人目をはばかることなく愛《め》ではじめた。

そう、妻や子の前でも何恥じらうことなく。

目の前で不貞を見せつけられ続けた王妃は、それでも気丈に振る舞っていたというが、内心は傷付いていたのだろう。

心労がたたって体調を崩し、今から七年前、療養のために祖国に一時帰国して以来、戻ってきていない。

——王妃様を追いだしておいて、よくもまあ、その子供の前で堂々と笑いあえるものだわ。

愛人を持っている貴族は珍しくないが、それでも、一国の王として褒められた振る舞いとは思えない。

メアリーの方も王にベッタリともたれながら、いまだにジロジロとエマをながめ回している。

——確かに、おきれいではあるけれど……。

少女めいた華奢な身体や折れそうに細い首は、まさにこの国の社交界において理想の体型といえるだろう。

目尻や頬の辺りには年相応に皺《しわ》が散っているものの、まだまだ若々しく、黒目がちで目尻の垂れた、いかにも庇護《ひご》欲をそそる顔立ちをしている。

美しい人ではあるが、それでも、こう好奇の色も露《あら》わにジロジロとながめられては、不快感を覚えずにいられなかった。

エマの物言いたげな雰囲気を感じとったのか、メアリーは「あら、ごめんなさい！」と頬を押さえて、ふふ、と微笑んだ。

「こんなに見られたら気まずいわよね……私ったら、いつもこうなの！　言葉も行動も自分に嘘がつけない性格なのよ」

悪びれる様子もなく告げられて、エマはニコリと微笑み返す。

「いえ、お気になさらないでください。驚かれるのは慣れておりますから」

心外ではあるが、エマがこの国の令嬢の規格から外れているのは確かなのだ。

ここでむきになって言い返したり不機嫌な態度をとっては、クラウスに迷惑をかけてしまう。

エマは控えめな笑みを保ったまま、メアリーに向かって、「エマと申します。どうぞよろしくお願いいたします」と頭を垂れた。

「まあ、ご丁寧にどうも！　私は陛下の愛する小鳥よ、メイと呼んで！　会いたくなったら、陛下のお部屋にいらしてね！」

メアリーが機嫌よく答えたところで、クラウスが眉をひそめて口をひらきかける。

けれど、そのタイミングでちょうど前菜が運ばれてきたため、彼は言葉を呑みこみ、晩餐がはじまった。

次々と目の前に運ばれてくる料理は、クラウスの分も含んでいるためだろう。

エマでさえ「食べきれるかしら」と一瞬ためらうほどに、たっぷりと器に盛られていた。

けれど、一口食べてみれば、その心配は無用だとわかった。

前菜もスープも、どの品もエマが生家で口にしていたものよりも、丁寧に作られた上質な味がして、すいすいと食が進んでいった。

素材はもちろん、やはり料理人の腕が違うのだろう。

生家の料理も大好きだが、かけられる予算も人手も段違いなだけあって、一口ごとに感動を覚えるほどだった。

最初のうちは、魔紋がきちんと作用しているかクラウスの様子をうかがいながら食べていたものの、気付けばエマは目の前の料理に心を奪われていた。

やがてメインの肉料理に差しかかり、牛のフィレ肉をパイで包んだという一皿が供された。

目の前に置かれたところで、ふわりと香ばしくも品の良い香りが鼻をくすぐる。

――この匂いは……トリュフかしら。

赤ワイン仕立てのソースには、トリュフが刻んで入れてあるのだろう。

パイ生地の香ばしいバターの香りに混じって、何とも食欲をそそられる。

そっとナイフを入れると同時にパリリと響いた音が耳を楽しませ、フォークで口に運ぶと、サクリとしたパイとしっとりホロリとした肉の食感が混ざりあい、舌と歯を慰撫《いぶ》していく。

――ああ、美味しい……！

香り高い濃厚なソースとの相性も最高としか言いようがない。

料理人と生産者の誇りが伝わってくるような最上級の味に、ついついカトラリーを動かす手がとまらなくなってしまう。

一口一口を噛みしめつつ食べ進め、最後の一欠片《ひとかけら》を口に運ぼうとしたそのとき。

弾けるような笑い声が響き渡った。

「ははは！　見ろ、メイ、まるで豚のような見事な食いっぷりだな！」

エマが弾《はじ》かれたように顔を上げると、王がこちらを指さしながら腹を抱えて笑っていた。

「まあ、陛下ったら！　レディに豚だなんて、いけませんわ！」

諫《いさ》めるようなことを言いつつも、メアリーの目は笑みの形に細められている。

内心では、王と同じように思っているのだろう。

カッと頬に熱が集まるのを感じて、思わずエマが顔を伏せたところで、静かなクラウスの声が王の哄笑《こうしょう》を遮った。

「メアリー殿の言うとおり、失礼ですよ、父上」

淡々とした口調ながらも、そこに滲む怒りを感じとったのだろう。

王はハタと笑うのをやめて、椅子に座りなおした。

「ああ、すまんすまん。だが、悪口を言ったつもりはないぞ」

「女性を豚に例えることが、悪口ではなく何だというのですか」

「豚は豚で可愛らしいものだろう？」

サラリと答える王の表情からは、嫌味を言っている様子は読み取れない。

きっと、本気でそう思っているのだろう。

何もひどいことなど言っていないと。

悪意があるよりも質《たち》が悪い。エマはそう思った。

「とはいえ、このようなありさまでは后として人前には出せまい。身体が弱いことにでもして、隠しておいた方がいいのではないか？　さもなくば后ではなく公妾にでもしたらどうだ？」

屈託のない笑みを浮かべながら、心ない言葉を口にする王に、クラウスが眉間の皺を深めて言い返す。

「公妾などありえません。彼女は私の恩人となる女性です。敬意を払って身分を保障するのが当然でしょう。ないがしろにすることは許しません」

「だが――」

「それに彼女の所作は実に美しい。食い散らすような食べ方はしていない。食物にも、料理人に対しても、敬意を感じます」

冷ややかに告げるクラウスの視線は、王の傍らに座すメアリーの手元に向けられていた。

フォークで突き回されて、ぐじゃりと潰れた肉と崩れたパイの残骸で汚れた皿の上へと。

よくよく見れば、パイの欠片はテーブルクロスにまで飛んでいる。

チラリと横目でそれを見た王は、バツが悪そうに顔をしかめるとボソリと言い返した。

「……小鳥はついばんで食べるものだ。なあ、私の小鳥よ」

「まあ、陛下。慰めてくださるのですね、ありがとうございます」

王に頭を撫でられたメアリーが、明るい水色の瞳を潤ませて王にすり寄る。

「ごめんなさい、私ったらいつまで経っても不器用で……」

「ああ、泣くな。おまえのせいではない。誰しも不得意なことがあるものだ。だというのに、クラウスときたら意地悪な男だな。小鳥を虐《いじ》めるとはひどいやつだ」

わざとらしく眉を寄せて呟いた王が席を立ち、給仕に向かって声をかける。

「……残りは部屋で食べる。運んでくれ」

そう言いつけるなり、王はクラウスに断ることなく、メアリーの肩を抱いてそそくさと去っていった。

扉の向こうへと消えていく父と愛人の背を冷めたまなざしで見送った後、クラウスはエマに向き直り、迷うことなく頭を垂れた。

「不快な思いをさせてすまない」

「えっ、いえ！」

「……あの二人は、悪意さえなければ何を言っても許されると思っているのだ」

抑えた口調ながらも深い怒りの滲む声音に、エマは察する。

きっとクラウスも、そのような心ない言葉を、これまでに何度となく投げつけられてきたのだろう。

――そのたびに、ああやって殿下は陛下を諫めてらっしゃったのでしょうね。

けれど、王はクラウスの言葉を、まともに受けとめてはくれなかったに違いない。

そのような父に代わって頭を下げているクラウスが気の毒に思えて、エマは「大丈夫です」と微笑んだ。

「殿下に謝っていただく必要はありませんわ！　だってどれも本当のことですもの、私、気にしておりませんから！」

「だが……」

「それに、言われたときは少し悲しくもなりましたが、殿下がビシッと言い返してくださったので、今はスッキリしております！　むしろ私の方こそ御礼を申し上げたいくらいです！」

食事を取らない彼が、この場にいる必要などなかったはずだ。

それでもここにいてくれたのは、きっと王やメアリーがエマに何か心ない言葉をかけるかもしれないと心配してのことだろう。

――それで、きちんと守って下さったのだものね。

感謝こそすれ、謝ってほしいなどと思うわけがない。

エマが心からそう思っていることが伝わったのだろう。

クラウスはゆっくりと顔を上げると、愁眉をひらいた。

「……そうか。それならば、よいのだが」

「はい！」

しっかりと頷いて、それから、エマは笑みを深めて問いかけた。

「それよりも殿下、おなかいっぱいになられましたか？」

絶えず魔紋から伝わってきていた飢餓感は今はだいぶ収まっている。

上手《うま》く作用してくれているのだろうとは思うが、できればきちんと確認したかった。

エマの問いに、クラウスは僅かに目をみはった後、フッと目元をゆるませ、唇の端を微かに持ち上げて頷いた。

「……ああ。このように満たされた感覚は久しぶりだ。ありがとう、エマ嬢」

先日の夜会で一瞬目にしたものよりもずっとやわらかく美しい笑みに、トクリとエマの鼓動が跳ねる。

高鳴る胸が巡らす血で、ジワリと頬が熱くなるのを感じた次の瞬間。

クラウスが不意に何かに気付いたように瞳を揺らし、グッと表情を引き締めるのを目にして、エマは我に返った。

――嫌だわ、何を勘違いしてときめいているのかしら……！

この笑顔にエマが期待するような意味合いはないというのに。

「……いえ、御礼を言うのは私の方ですわ。もう本当に美味しいお料理ばかりで、がっついてしまってお恥ずかしい限りです！」

赤くなったのは、あなたに心揺らされたからではない——とごまかすように明るく告げると、クラウスの表情がホッとゆるむ。

「……いや、恥ずかしがる必要などない。どうかこれからも、よろしく頼む」

淡い微笑を浮かべて告げられた言葉に、エマは安堵《あんど》と共に少しの寂しさを感じつつ、「はい！」と元気よく答えたのだった。

＊　＊　＊

そう、勘違いしてはいけない。

クラウスがエマを妻に望んだのは給餌役に相応しいからであって、決して一人の女性として好意を抱いてくれたわけではないし、これからも、それを期待してはいけないのだ。

そう思い知らされたのは、その夜のことだった。

「……これに目を通してくれ」

王太子妃の部屋は内扉を通じて、王太子の部屋とつながっている。

ゆったりとしたリネンのシャツと脚衣《きゃくい》——寝衣の上にガウンを羽織った姿で内扉から現れたクラウスは、同じリネン素材のシュミーズをまとったエマの元にやってくると、真剣な表情で一枚の書類を差しだしてきた。

「内容に納得がいったら、サインを頼む」という言葉を添えて。

床入りを前に緊張していたエマは予想外の展開に面食らいつつも、「はい」と受けとって書面に目を落として――真っ先に目に入ったのは「婚前契約書」という表題だった。

売買契約書ならば「売主」と「買主」と記すところに、代わりに「妻」「夫」と書かれている。

この契約は教会への届け出の有無にかかわらず、署名をした日から有効とする――とも。

署名欄の下に並ぶ条項は、今回の結婚生活上の取り決めなどが書かれているらしく、第一条は魔紋の管理に関する項目が定められているようだった。

魔紋を付与することへの同意や解呪防止のための貞操義務について、それから第四項として「毎月十日を魔紋定着のための交合日とする」旨が記されていた。

――こ、こんなことまで契約書で決めなくても……!

ジワリと頬が熱くなり、エマは慌てて書面から顔を上げるとクラウスに尋ねた。

「あの、これは必要なものなのですか?」

「ああ」

一瞬のためらいもなく返ってきた答えに、エマは眉を下げる。

――こんな契約書なんてなくても不貞なんて働かないし、閨《ねや》を拒んだりしないのに……信用してもらえないのかしら……。

しょんぼりと書面に視線を落としかけたところで、「君のために作ってきたのだ」という言葉が聞こえて、え、と顔を上げる。

「……君の好意に甘えて一足早く協力してもらうことになったが、正式な婚姻を結ぶ前にこういったことをするのは君も抵抗があるだろう。だから、君が少しでも安心できるよう、きちんと契約を結んだ方がいいかと思ったのだ」

まっすぐにエマを見つめながら、クラウスは至極真面目な口調でそう語った。

「……私のため、なのですか?」

「そうだ」

しかつめらしい表情で頷くクラウスに、エマは心の中で首を傾げる。

——うーん、喜ぶべき……なのかしら?

誠意の表明といえばそうなのだろうが、気遣いの方向性が少しずれているような気がしないでもない。

施政者としての彼が誠実で堅実なことは知っているが、こんなところにまでその真面目さを発揮しなくてもいいのに。

——殿下は案外、不器用な方なのかもしれないわね。

そう思ったら何だか可愛らしく——というのは不敬かもしれないが——思えて、自然とエマは微笑んでいた。

「……お気遣いありがとうございます。では、目を通させていただきますね！」

ニコリと告げてから、あらためて書面に目を落とす。

魔紋の管理に関する条項の次に書かれていたのは、待遇面についての条項だった。月に配分される宮廷費の額や、王太子妃となるにあたって必要な教育とその講義日程、侍女の数や職務内容など、いくつかの項目が並んだ後。

「第三条　妻の義務」という文言が目に飛びこんできて、ドキリと鼓動が跳ねる。

一体どのようなことを課されるのかとドキドキしながら読んでみると「王宮内で不快な思いをしたら、速やかに夫に報告すること」「嫌いな食べ物は無理せず残すこと」など、本気か冗談かわからないような、やさしい義務ばかりが書かれていた。

——こんなことまで、わざわざ契約書にしなくてもいいのに……。

先ほどと同じようで違う感想が心に浮かぶ。

クラウスの少しずれた、けれど真摯な気遣いが伝わってきて、ふんわりと胸が温かくなり、エマは頬をゆるめながら次の条項に視線を移す。

「妻の義務」に続いて定められていたのは「夫の義務」。

「妻の体調に気を配ること」「妻が心地好く過ごせるよう、あらゆる環境を整えること」など、やはりやさしい項目ばかりが書かれており、いっそう笑みを深めて読み進めていく。

けれど、最後の条項——「禁止事項」の文言を目にしたところで、その笑みが強《こわ》ばった。

「夫は妻を一人の人間として尊重すること」という項目のすぐ下。

「禁止事項」として書かれていた言葉は「夫は妻に異性としての恋情を抱かず、また、それを妻にも求めない」というものだったのだ。

しんと心が静まる。

――わかってはいたけれど……。

こうハッキリと明言されると、やはり少し辛い。

クラウスはエマを女性として愛する気はないし、男性として愛されることも望んでいない。

そう、思い知らされるのは。

「……エマ嬢。何か不服な点や、不足があれば言ってくれ」

黙りこむエマに何を思ったのか、居住まいを正したクラウスが声をかけてくる。

「……そうですね」

エマは一呼吸の間を置いてから、ニコリと笑みを浮かべて答えた。

「できれば、契約期間を定めていただきたく思います」

「契約期間？」

いぶかしげに眉をひそめるクラウスに、エマは「はい」と頷く。

彼の助けになりたいと思う。なれるのは嬉しいとも。

けれど、それでも、女性として愛されることがないのに、ずっとそばにいるのは寂しい。

そうも思ってしまうのだ。贅沢《ぜいたく》なことかもしれないが。

「そうですね……例えば、『殿下の呪いが解けるまで』ではいかがでしょうか？」

必要とされなくなった後も惰性や義理で傍に置いてもらうよりも、役目を果たしてサッパリ別れる方が、きっと彼の中できれいな思い出として残れるだろう。

エマの提案に、クラウスは一瞬思案するように睫毛を伏せ、一呼吸を置いて顔を上げると、厳かに頷いた。

「……わかった。君の希望に添うようにしよう」

あっさり許されたことにホッとしながらも、寂しいと思うのは身勝手な話だ。

エマは笑みを浮かべたまま、努めて明るく礼の言葉を口にする。

「ありがとうございます！」

「いや……協力をしてもらう以上、君の意向を最大限に汲《く》むのは当然のことだ。だが、期間を定めるのなら、契約満了時の報酬も記した方がいいだろうな」

「え、いえ、報酬など！」

「出さないわけにはいかないだろう。君の人生を一時とはいえ、わけてもらうのだから。誠意を示させてくれ」

そんな本気か冗談かわからないことを口にすると、クラウスはエマの手から契約書をそっと取りあげ、微かに唇の端を持ち上げた。

「明日の夜までに作りなおしてくる。今日は、ゆっくり休んでくれ」

「え？　……あの、では今夜は」

「契約も交わさぬうちに手を出すなど、不誠実だろう」

当然のことのように告げられて、エマは一瞬目をみはり、それから、ふふ、と頬をゆるめた。

――本当に真面目でいらっしゃるのね。

そういうところも好きかもしれない――と思いながら、エマは踵《きびす》を返そうとするクラウスを引きとめた。

「お待ちください、殿下。明日に伸ばして、魔紋が解けてしまったら大変ですわ」

一度解呪されたら、同じ相手とは二度と結べないと聞いている。

それは嫌だ。この人の助けになるのは、自分がいい。

「だから、その……定着させるなら、早い方がいいと思うのです」

「だが……」

はしたない誘いをかけていることを知りながらも、エマは精一杯訴える。

「殿下、私は殿下が約束を守ってくださる方だと信じております。署名が後になったとしても、契約を反故《ほご》にするようなことはなさらないと」

「それは……当然だ」

静かに頷くとクラウスはエマに向き直り、一歩踏みだして、ひらきかけた距離を詰めた。

「……いいのだな、本当に」

そっと伸ばされた彼の手が肩にふれ、その大きさにトクリとエマの鼓動が跳ねる。

「……はい」

コクリと頷いた途端、力強い腕に抱え上げられて、そのまま、寝台へと運ばれていった。

金色の天蓋を戴《いただ》く四柱式寝台の真ん中、絹の敷き布の上へと、やさしく投げだされる。

次いで、キシリと寝台を軋《きし》ませて上がってきたクラウスが、エマの顔の横にトンと手をつき、瞳を覗《のぞ》きこんできた。

「……エマ嬢、今から君を抱く。だが、それは欲望からではない」

「……はい」

「仕方がない、必要なことなのだ」

微かに眉を寄せながら真剣なまなざしで告げられ、エマは少しの胸の痛みを覚える。

「……わかっております」

念を押さなくたって勘違いしたりしませんから、大丈夫ですよ——と心の中で付け足して、ニコリと微笑む。

その笑みに何を思ったのか、クラウスはどこか痛ましげに眉間の皺を深めると言葉を続けた。

「……だから、せめて君に不快な思いをさせぬよう、希望を聞いておきたい」

「え？」

「君の禁止事項を教えてくれ」

「と、おっしゃいますと？」

「口付けは嫌だとか、服は脱ぎたくないだとか……ふれられたくないところもあるだろう？　何でもいい。嫌なことがあれば教えてくれ。君が苦痛なく行為を終えられるように、前もって知っておきたいのだ」

　そう問う彼の表情も口調も真剣そのもので、冗談を言っているようには見えない。

　エマはパチパチと睫毛をしばたかせてクラウスを見つめてから、フッと口元をほころばせる。

　——本当に変なところで真面目で……やさしい方。

　そう思ったとたん、先ほど感じた胸の痛みが薄れていくのを感じた。

　女性として愛されなくても、こうして大切にしてもらえるのなら充分だろう。

「……殿下のなさりたいように進めてください」

　エマはやわらかく目を細めて、そう囁いた。

「だが……」

「なにぶん初めてなものですから、自分が何が好きで何が嫌いなのかわかりません。ですので、殿下で学ばせていただきたいです」

「……私で？」

意外な言葉を聞いたというように目をみはるクラウスに、エマは「はい」と笑顔で答える。

「お言葉に甘えて、嫌だと思ったなら、遠慮なく伝えさせていただきますから」

「……わかった」

クラウスは厳かに頷くと、そっとエマの頬に両手を添えながら、ゆっくりと目を細める。

ザラリとした硬い手のひらの感触と、包みこまれるような大きさに、エマは鼓動が跳ねるのを感じた。

「……君の言葉に甘えて、私のしたいように進めさせてもらおう」

そう呟くと同時に、凪いだ冬の湖面めいた深い青の瞳の奥、釣り人の掲げるランプの灯《あか》りが揺れるように、ゆらりと熱が灯る。

エマが小さく息を呑んだ次の瞬間、冴え冴えとした美貌が近付き、唇が重なっていた。

「……んっ」

初めて知る彼の唇は滑らかで、意外なほどにやわらかく、ドキリとするほどに熱かった。

隙間なく重ね合わせてから、ゆるりと角度を変えて、唇を食《は》まれる。

彼の温《ぬく》もりをエマに伝えるように、あるいはエマの温度と感触を確かめるように、ゆっくりじっくりと。

湿りけを帯びた薄い皮膚がこすれあい、そこから淡く甘い熱が広がっていく。

息継ぎのために離れてはまた重なってと繰り返すうちに、エマの身体から力が抜けていった。

何度目かの口付けがほどけ、はあ、と大きく息をついたところで、ゆるんだ唇の隙間に熱く濡れたものが這《は》わされる。

ゾクリと頭の後ろに痺《しび》れが走り、ん、とエマが喘《あえ》ぎをこぼすと、その喘ぎを舐《な》めとるようにクラウスの舌がもぐりこんできた。

「っ、……ん、ふ、ぁ」

絡む舌がこすれるたびにゾクゾクとした奇妙な感覚が頭に響き、背すじにまで広がっていく。

きっとこれが快感というものだろうと理解し、それに翻弄されながらも、エマはふと切ないような心地になった。

——必要だから仕方なく、でこんなキスをなさるのね……。

これもまた彼なりの誠意の示し方なのだろうが、やさしすぎるのも罪だなと思ったところで、ちゅぴりと音を立てて舌が離れる。

黒々とした魔紋の刻まれた赤い舌がチロリと動き、互いの舌を繋ぐ銀糸の橋を断ち切ると、クラウスはエマの頬を一つ撫でて、スッと目を細めた。

焦点がぼやけるほど近くで見つめあう彼の瞳に灯る熱量が、先ほどよりも増しているように見えて、エマはジワリと瞳を潤ませる。

——本当に、罪だわ。

そんな目で見つめられては、求められているような錯覚を覚えてしまう。

「……ん、エマ嬢、今のところはどうだ。嫌ではないか？」

やさしく問う声には抑えた熱が滲んでいるように聞こえて、トクリと胸を高鳴らせながら、エマはニコリと微笑んだ。

「……大丈夫です。続けてくださいませ」

「……ああ」

短く答えると、クラウスはふれるだけの口付けをエマの唇に落としてから、白い首すじに唇を寄せた。

そのままゆっくりと辿《たど》り下りていく。

くすぐったさに似た淡い快感に、エマが小さく吐息をこぼしたところで、鎖骨を通りすぎた彼の唇がシュミーズの襟ぐりでとまる。

楚々《そそ》としたフリルで飾られた襟元をすぼめるリボンに、クラウスの長い指がふれて、ほどかれる。しゅるりと響いた衣擦《きぬず》れがやけに大きくエマの耳に響いた。

襟ぐりを両の手でつかまれ、グッとひらかれる。

隙間から滑りこむ夜気に肌を撫でられ、あ、とエマの唇から反射のように声がこぼれた。

それを怯《おび》えか拒絶だと思ったのか、今しも襟をつかんで引き下ろそうとしていたクラウスの手がピタリととまる。

「……脱がせてもいいか？」

「え？　あ……は、はい！」

コクコクと頷いてから、エマは少し迷った後、そっとクラウスの肩に手をかけてねだった。

「あの……殿下も……」

「脱げと？」

「……できたら、そうしていただけると……」

「見て楽しいものでもないと思うが……まあ、そうだな。君だけに恥ずかしい思いをさせるのは不公平か。わかった」

クラウスは短く答えるとスッと身を起こし、無造作にガウンと寝衣を脱ぎ去った。

「恥ずかしい思い」と言いながらも、その仕草に迷いはなかった。

――殿下は、脱いでもおきれいなのね……。

ナイトテーブルに置かれた燭台の灯りに照らされた彼の身体は、見惚れるほどに美しいものだった。

なめした皮のように滑らかで、染み一つない肌。

凛と整った顔から逞《たくま》しい首すじを辿って視線を下ろしていけば、しっかりとした骨格を感じさせる鎖骨が目に入る。

肩や胸板はほどよく厚みがあり、腕や腹、腰回り――は直視するのが恥ずかしくて、サッと流してしまったが――太腿《ふともも》はしなやかな筋肉に覆われ、無駄肉一つなく引き締まっている。

まるで、丹念に鍛錬され、一切の不純物を取り除かれた鋼のような肉体だ。

エマが思わず息を呑んで見つめていると、クラウスは微かに眉を寄せ、エマの視線から自分の身を隠すように覆いかぶさってきた。

「……あまり見ないでくれ……みすぼらしいだろう」

ボソリと耳元で囁かれ、エマは「え？」と首を傾げる。

「この半年でだいぶ肉が落ちたからな……以前はもう少し、マシだったのだが……」

言い訳めいた台詞に、ああ、と理解する。

確かに四年前に会ったクラウスは、もう少し健康的な精悍《せいかん》さを持っていたように思う。

ここ半年の間、ろくに食事が取れなかったせいで贅肉《ぜいにく》――が元々あったとは思えないが――だけでなく筋肉も落ちてしまったということだろう。

――そんな……卑下なさるようなお身体ではないのに……。

エマは一瞬眉をひそめた後、クラウスの腕に手をかけると、そっと励ますように撫でて囁き返した。

「……みすぼらしくなんてありません。無駄がなくて、とても美しいと思います。無駄なものばかりの私とは大違いですわ」

ポンと胸を押さえて、ふふ、と笑い混じりに告げた途端、クラウスがガバリと身を起こす。

それから、なぜか不機嫌そうに眉を寄せて、エマのシュミーズの襟に手をかけると「ありがとう」と言いながら、ひとおもいに引き下ろした。

「きゃっ」

布に弾かれて、ふるんとこぼれでた二つのふくらみにクラウスの手が伸びる。

「ひゃあっ」

下からすくいあげるようにむにゅりとつかまれ、突然の刺激にエマは間の抜けた声を上げてしまう。

「……私は、無駄だとは思わない」

低い呟きが降ってきたと思うと、エマがそれに答える前にクラウスの手が動きだした。

「えっ、あ、……っ、ん」

突然はじまった愛撫《あいぶ》に混乱しながらも、エマは自分にふれる彼の手から目を離すことができなかった。

たわわに育った白い肉にふしくれだった男の指が沈み、その動きに合わせて、むにゅむにゅと形を変える様は何ともいやらしく見える。

ふくらみ自体を揉まれるのは、さしたる心地よさはない。

けれど、やんわりと力をこめて揉みこまれるたびに硬い手のひらで頂きがこすれ、その都度、チリリとした甘い痺れが胸の奥へと走った。

「……ふ、っ、んんっ、ぁ」

しっとりと汗ばんでいるのは自分の肌か、それとも彼の手のひらなのか、段々と二人の肌が馴染《なじ》んでいくのがわかる。

「……痛くはないか？」

やさしく問う声に答えを返そうと口をひらいたところで、しゅりりと胸の先をこすられ、あ、と甘い声がこぼれた。

「……ないようだな」

安堵の滲む囁きに、エマはカッと頬が熱くなる。

ぷいと目をそらした拍子に、その隙をついたようにクラウスが顔を伏せ、エマの胸に食らいついた。

「――っ」

熱く濡れたものに先端を包まれ、ちゅ、と吸い上げられて、胸の奥に甘い痺れが走る。

そのまま、ぞろりと舌で舐めまわされれば、瞬間的な痺れは断続的なものへと変わり、ジワジワとエマを浸食しはじめた。

――嘘……胸って、こんなにすごいものなの……？

彼の舌が動くたびにもたらされる甘美な悦《よろこ》びに、エマは戸惑う。

――殿下のおっしゃるとおり、無駄ではないのね……。

大きさに快感が比例するわけではないだろうが、それでも、かさばるだけの無駄な肉塊だと思っていた存在に意味があったのだと知って、不思議な感慨を覚えた。

教えてくれてありがとうと伝えるように、そっとクラウスの髪を撫でれば、胸にかかる彼の吐息がわずかに乱れ、いっそう愛撫に熱がこもる。

それは当然、エマにいっそうの快感をもたらすこととなり、胸の奥で渦まいていた甘い痺れはいつの間にか背骨を通って下腹部に転移し、胎《はら》へと溜《た》まって疼かせていった。

その疼きをごまかすように、そっと膝をすりあわせれば、クラウスの喉がコクンとなる音が聞こえて、彼の唇がエマの身体を再び辿りだした。

胸のふくらみをなぞり、震える白い腹に口付け、下へ下へと滑り下りていく。

一体どこまで行くのかしら――なんて間の抜けた疑問が頭に浮かんだ、次の瞬間。

がしりと両膝を掴《つか》まれて、とめる間もなく左右に押しひらかれていた。

それはもう豪快に、パカリと。

「――っ、殿下⁉」

羞恥のあまり悲鳴じみた声を上げるエマに、一瞬彼の手から力が抜けるが、すぐにまた押さえこまれる。

「すまない。恥ずかしいのはわかるが、ここもならさねば先に進められないだろう」

「っ、う、ですが、その、受け入れるだけなら、ならさずともよろしいのでは？」

「……それでは君の身体を害してしまう。恩人の君に、そのように非道な真似《まね》をしたくない。

頼む。ひらいてくれ」

そのように真剣な面持ちで乞われては、まるでエマの方がひどいわがままを言っているように思えてくる。

「……うう、わかりました。ですが、その、さ、最低限で結構ですので」

消え入りそうな声で答えながら、おずおずと脚をひらく。

途端、濡れた花弁がひらく感覚と共にクチュリと響いた水音に、エマはカッと頬が熱くなるのを感じた。

「……ありがとう、エマ嬢」

仄かな興奮の滲む囁きが、ギュッと目をつむったエマの耳に届いたと思うと、ちゅ、と膝に口付けられる。

それから、クラウスは、ゆっくりと腿《もも》の内側を唇でなぞりおりていき、羞恥と期待に震えるエマの花弁へと口付けた。

「――っ」

あらぬところに感じる舌の熱さに、エマはビクリと身を震わせる。

「……ぁ、……っ、ん」

舌先で割れ目をひらかれ、ゆっくりとなぞり上げられると、舌の通りすぎた場所にその熱が残り、花弁全体が熱を帯びていくように感じられた。

やがて、彼の舌が花弁の上で息づく花芯にさしかかる。

包皮に隠れるようにしてヒクヒクと震える小さな快楽の芽に、舌先がふれた瞬間、ビリリと響いた快感に、エマの唇からは反射のように喘ぎがこぼれた。

その声が合図だったかのように、クラウスはエマの脚を押さえる手に力をこめると、花芯にしゃぶりついた。

「〜〜っ、ぁ、ふぁ、んんっ、……っ、でんっ、かっ」

これまでの二十年の人生でほとんど意識したこともなかった器官からもたらされる、鮮烈な快感にエマは喘ぎ、ビクビクと身悶《みもだ》える。

花芯をやさしく食まれ、舌先で小突かれ、ちゅっと吸われるたびに、つま先からゾクゾクと甘い痺れがこみあげてくる。

いつの間にか閉じていた目蓋をあけて見下ろせば、視界に広がる光景に鼓動が跳ねて、エマは慌ててキュッと目をつむりなおした。

――こんな、こんなこと……殿下にさせるなんて……！

世にも美しい顔が自分の脚の間に埋まっている。

視覚からも与えられた刺激に、エマは身体を巡る熱が増すのを感じた。

――だめ、だめ、何かだめ、いや、何か来る……！

快感が高まるほどに、息が鼓動が乱れていく。

下腹部にわだかまっていた疼きが徐々に熱を帯び、増して、ふくらんでいき――ある瞬間、ポンと爆《は》ぜた。

ぶわりと身体を吹きぬけていく快楽の奔流に、エマは、ひ、と息を呑んで、ぶるぶると身を震わせる。

その震えが手のひらを通してクラウスに伝わったのだろう。

エマが達したことに気付いた彼は、唇の端に満足げな微笑を浮かべた。

けれど、初めての絶頂に戸惑い、ぜいぜいと息を切らせていたエマの目に、その笑みが映ることはなかった。

「……はぁ、はっ、――んんっ」

呼吸を整える間もなく、新たな刺激がもたらされ、エマはビクリと身を強ばらせる。

ぬちりと割れ目をなぞられたと思うと、蜜口に指を差しこまれたのだ。

「ぁ、ぁ、……っ」

奥へ奥へと進んでくるにつれ、ゴツゴツとした指の形がわかるほどに締めつけながら、エマは何度も小さく身を震わせる。

誰も――自分すら知らない場所を暴かれていく。

それは強烈な違和感と圧迫感と、それだけではない、淡い期待と予感をもたらした。

先ほど外――花芯から与えられた快感では鎮めきれなかった、いや、煽《あお》られてしまった胎の奥底でくすぶる疼きが満たされる期待と予感だ。

——どうしてこんなに疼くのかしら……。

こんな感覚、今まで一度も覚えたことはなかったというのに。

自分で思っていたよりも自分は淫らな女だったのだろうか、と情けないような心地で、疼く箇所を腹の上から押さえて、エマは気付いた。

そこが昼間に魔紋を入れられた場所だということに。

——もしかして、これも魔紋の影響なのかしら……?

どうかそうであってほしい。そう願ったところで、ぐぢゅりと中を掻《か》き回され、エマの思考が乱れる。

思わずこぼれた喘ぎを合図に、クラウスはエマの中をほぐし、暴いていった。

「あっ、ぅうっ、ふぁっ、……んんっ」

最初は単調な出し入れだけだったのだ。

それが彼の指に慣れ、肉がほぐれはじめたところで指が二本に増えて、中を探るような動きに変わり、自分でも知らなかった泣き所を見つけだされてしまった。

おなか側、彼の指では届くがエマのものではギリギリ届かない。

そんな微妙な位置に、それはあった。

そこを指の腹でグッと押されてこすられると、尿意にも似た強烈な疼きがこみあげてくる。

合わせて花芯に舌を這わされれば、もう耐えようがなかった。

気付けばエマは悲鳴じみた声を上げながら、二度目の果てに押し上げられていた。

「……はぁ、はぁ」

息を喘がせ、ぐったりと敷き布に身を沈めたエマの頬にクラウスの手がふれ、なだめるように、あるいは詫《わ》びるように撫でる。

「……すまない。君に痛みを与えぬよう、念入りにと思ったのだが、却って苦しめてしまっただろうか？」

眉を寄せながら神妙に問われて、エマは、ゆるりと首を横に振る。

「……いえ、大丈夫です」

口元に笑みを浮かべて答えてから、エマは閉じかけていた目蓋《まぶた》をひらいて彼を見つめると、「でも」と付け足した。

「大丈夫ですが……もう、充分ですから」

その言葉でエマの望みを察したのだろう。

クラウスは神妙な表情はそのままに小さく喉を鳴らすと、エマの肩をつかんで敷き布に押し付けた後、それを追いかけるように覆いかぶさり、そっと唇を重ねてきた。

「……ん」

ぬるりと脚の付け根をなぞる熱が何かを察して、エマは、ふるりと身を震わせる。

花弁をかきわけ、濡れた音を立てて蜜口に押し付けられたそれは息を呑むほどに熱く、硬く、そして、怖いほどの質量を持っているように感じられた。

思わず身体が強ばりそうになるのを、エマは強いて深く息をして、怯えを逃がす。

できるだけ痛みを感じたくない。

それに痛みを感じることで、やさしい彼を傷つけたくもなかった。

そのためにも、受け入れるタイミングは自分で決めた方がいいだろう。

そう覚悟を決めて大きく息を吐くと、エマはそっと手を伸ばし、クラウスの首に腕を回して囁いた。

「……いらしてください」

小さく息を呑む気配がして、直後、灼熱《しゃくねつ》の杭《くい》がエマの芯を貫いた。

どん、と胎に響く衝撃に息が詰まり、こほ、と咳が漏れる。

痛みは一瞬遅れてやってきた。

本当にここに入るもの、入れていいものだったのだろうか――と疑いたくなるほどの凶悪な質量に胎の中を陣取られ、ジンジンとした痛みと圧迫感に目の前が滲む。

「泣いてはいけない」と思いながらも、ギュッと目をつむった拍子に、ポロリとあふれた涙がこめかみを伝うのをとめられなかった。

「エマ嬢――」

「大丈夫です……っ」

焦りの滲《にじ》むクラウスの声が耳に届いて、エマは慌てて目をひらくと遮るように言い返した。

「少し、驚いてしまっただけで、大丈夫ですから……！」

「だが……」

睫毛に絡む涙をまばたきで払って、エマはニコリと微笑む。

「本当に平気です！　……私よりも、殿下は大丈夫ですか？」

これほどみちみちと締め上げていては、彼の方こそ痛いのではないだろうか。

そう思って尋ねたのだが、痛ましげに眉をひそめていたクラウスはパチリと目をまばたいた後、ジワリと目元を染めて、スッと目をそらした。

「私は……大丈夫だ。申しわけないが、心地好さしかない」

「っ、さ、さようでございますか」

予想外の言葉に、エマはポッと頬が熱くなる。

聞かなければよかったと悔やみつつ、それでも、嬉しいとも思った。

「その……それならば、よかったです」

はにかみながら微笑んで、エマは先を促す。

「……私も大丈夫ですから、最後までしてください」

その言葉にクラウスが小さく息を呑み、グッと眉をひそめる。

それから、彼は深々と息をついて、エマに口付けた。

「……やはり……君を選ぶべきではなかったかもしれない」

聞きとれないほどの声でポツリとこぼされた呟きに、エマが「え？」と首を傾げたところで「いや、何でもない」という言葉と共に彼の腕がエマの背に回り、突き上げられた。

「――っ」

「すぐにすませる。少しだけ、耐えてくれ」

「は、はいっ、っ」

頷くと同時に律動がはじまった。

「っ、……っ、う、んんっ、ふ」

大きく抜き差しをしては痛むと思ったのだろう。深くまで埋めこまれたまま小刻みに身体を揺すられ、こちゅこちゅと最奥を叩かれる。

ジンジンとした痛みが消えることはない。

けれど、同時に、打たれる胎の奥から、ジワジワと不思議な心地好さが広がっていく感じがしなくもなかった。それはいわば快感の種のようなものだったのかもしれない。

育ててやれば、もっと深く大きな悦びを得られるのではないかと予感させるような、悪くはない感覚だった。

エマは痛みから目をそらすように、その感覚と目の前のクラウスに意識を向ける。

ふれあう身体から伝わってくる体温や、やさしく自分を抱きしめてくれる逞しい腕の感触、心地好い重さ。

律動が激しさを増して抱擁が強まると、彼の身体で潰された胸が擦れ、チリチリとした快感も痛みを和らげてくれた。

いよいよ終わりが近いのか壊れそうなほどの勢いで突き上げられ、エマは強まる刺激に意識を刈り取られそうになりながら、必死に彼にすがりつく。

「っ、ぁ、でん、かっ」

呼びかけに答えるように強く抱きすくめられて。

「……エマ嬢」

かすかに掠《かす》れた囁きが耳をくすぐったと思うと、ずん、と胎に刺さらんばかりに深々と奥を抉《えぐ》られ、エマの中で彼の雄が跳ね上がった。

「っ、ぁ」

その瞬間、下腹部にジワリと熱が広がる。

視界の隅に見えた淡い金色の光に、涙でぼやけた視線をクラウスの下腹部に向けたところで、引き締まり、きれいに割れた腹部に淡い金色の紋様が浮かび上がっているのが見えた。

きっとエマの腹にも、同じように魔紋が輝いているだろう。

——よかった。無事に定着したのね。

安堵の息と共に、エマは涙を一粒、コロリとこぼしたのだった。

ようやく互いの息が鎮まり、寝台の上に静寂が戻りかけたところで、けほり、と咳が一つ、エマの口からこぼれた。

「……エマ嬢、大丈夫か？」

「は、はい。大丈夫です」

答える声は自分でもわかるほどに掠《かす》れている。

それほど大きな声を出したつもりはないが、だいぶ汗をかいたせいだろうか。

「声が掠れているな。すまない。私が無理をさせたせいだろう」

そっと労わるようにエマの頬を撫でると、クラウスはナイトテーブルに目を向けて、微かに眉をひそめた。

「……水差しを用意させておくべきだったな」

眉を寄せたまま呟き、「少し待っていてくれ」と断って、クラウスはエマから身を離した。

それから、ガウンを羽織って寝台を降り、内扉の向こうへと足早に消えていったと思うと、さほど間を置かずに戻ってきた彼の手には銀の盆があった。

盆の上にはワインらしきボトルと二つのグラスが載っている。

「……婚前契約書にサインをもらったら、取りにいこうと思って忘れていた」

「契約締結のお祝いにですか？」

首を傾げるエマに、クラウスは微かに眉を寄せて「いや」とかぶりを振った。

「行為の前に飲めば、少しは君の気持ちがほぐれるかと思ったのだが……今さらだな」

苦笑まじりに告げられて、エマは思わず頬をゆるめる。

「お気遣いいただき嬉しいです。では、遅ればせながらいただいてもよろしいですか？」

「ああ、もちろんだ」

クラウスは一瞬唇の端を持ち上げると盆をナイトテーブルに置き、ワインの栓を抜いて片方のグラスにトクトクと注ぎ、エマに差しだした。

「ありがとうございます、いただきます！」

次いで彼のグラスが満ちたところで、澄んだ赤色に満ちたグラスを掲げあい、そっと口元に運ぶ。

「……良い香りですね」

ふわりと鼻をくすぐる芳香に、エマは目を細める。

「ああ、そうだな……」

クラウスがグラスをゆっくりと揺らして香りを味わっているのを横目にながめつつ、エマはグラスに口付け、傾けた。

「……これは……甘いですね」

トプリと流れこんできたものを舌の上で味わい、コクリと飲みこんで、その甘さと濃さに目をみはる。

「干し葡萄《ほぶどう》から造ったものだそうだ」

「ああ、それで、これほど濃厚なのですね」

エマは、ほう、と感嘆の息をつく。

葡萄の旨みと甘みが凝縮された深い味わいの中に、煮詰めた蜜——カラメルめいた香ばしい苦みが仄かに混じっているようだ。

「……気に入ったか？」

「はい、とても！」

深々と頷くとエマは再びグラスを傾けた。

しっかりと味わいながらも、少しだけ急いで飲み干していく。

「……ごちそうさまです。お酒はあまり得意ではないのですが、良質なワインというのは美味しいものなのですね！」

「そうか、口にあえば何よりだ」

「はい！　本当に美味しかったので……そちらもいただいてよろしいですか？」

そう言ってクラウスが手にしたグラスに視線を向けると、彼は一瞬目をみはってから、ホッとしたように「ああ」と頷いて差しだしてきた。

「……ありがとう」

小さく呟く声に、エマは自分の懸念が当たっていたのだとわかった。

きっと彼は無理をしてでも、自分で飲む気だったのだろう。

――形だけの乾杯でよかったのに……本当に生真面目でいらっしゃるんだから。

酒精の影響だけでなしに、ほわりとおなかの辺りが温かくなるのを感じつつ、エマは両手でグラスの足を持って微笑んだ。

「殿下は、お酒がお好きなのですか？」

「嫌いではないが嗜《たしな》む程度だな。私は酒よりも甘いものの方が好きなのだ。……子供っぽいと呆れるだろうが」

「そんな、まさか。私もそうなので嬉しいです！」

ふふ、と笑い混じりにそう告げると、クラウスは一瞬の間を置いてから、「そうか」と眉を下げ、ふわりと目を細めた。

「……ならば、よかった」

はにかむような淡い笑みに、エマの鼓動がトクリと跳ねる。

――ああ……反則だわ。

また新しい笑顔に出会ってしまった。

そんな顔をされたら、ときめかずにはいられないではないか。

まだ初日だというのに、これでは先が思いやられる。

──なるべく好きにならないように、気をつけないといけないわね。

別れの日が少しでも辛くならないように。

クラウスに嫌がられないように。

この想いは育てないようにしよう。

そんなの絶対に無理でしょうけれど──頭の片隅でそうも思いつつ自分を戒めると、エマはグラスを口に運んで、しっとりと甘く、仄かに苦い味を飲みこんだ。

第二章　お夜食を召し上がりたくなったら

クラウスとの婚礼を半月後に控えた昼下がり。

婚礼衣装の試着が予定よりだいぶ早く終わったため、エマは窓辺に置かれたテーブルセット、象嵌細工のほどこされた椅子に腰かけて、午後の講師が来るのを待っていた。

王宮で暮らしはじめてから、はや半月。

ここでの暮らしもだいぶ慣れた。

毎日婚礼の準備をしつつ、王太子妃になるにふさわしい知識と教養を身に着けるべく様々な分野の教育係をつけられ、それなりに忙しい日々を過ごしている。

エマ以上に多忙なクラウスとは、なかなか顔を合わせる機会がないのが寂しいが、それでも、何不自由ない暮らしを送っているといえるだろう。

そう、身体的にも、精神的にも。

まず食事だが、初日の晩餐での遣《や》り取りから、毎晩あの二人と顔を合わせることになるのかと少しだけ気が重く感じていた。

けれど、二日目からはクラウスと二人か、彼が忙しいときは――たいていそうなのだが――一人で取るようになったのだ。

二日目の晩餐で王とメアリーの姿がないことに気付き、クラウスに尋ねたところ、彼らは王の部屋で晩餐を取ることになったのだと言われた。

そう、クラウスが頼んだ――いや、命じたのだと。

追いだしてしまったようで気が引けると訴えたのだが、「あの二人は二人でいられれば、それで満足なのだから、君が気にする必要はない」と苦々しげな表情で返されて終わった。

身の周りの世話をしてくれる侍女やメイドもおっとりとした性格の良い人ばかりで、淑女の規格から外れたエマにも礼を失することなく接してくれる。

彼女たちの話では、クラウスが王宮中を回って直々に声をかけて選んでくれたのだという。

――お忙しいでしょうに……本当に、真面目でやさしい方。

彼はあの契約書のとおり、「不快な思いをしないよう環境を整えること」という、「夫の義務」を果たしてくれているのだ。

充分どころか、こちらが申し訳なくなるくらいに。

――このドレスだって、そう……。

口元をほころばせながら、大きく広がったスカートに視線を落とす。

艶やかなシルクサテンのドレスは、見るだけで心が浮きたつような可憐な薔薇色をしている。

エマの肌によく映える色だ。

ここに来た当初、既製品でエマの身体に合う品がなかったため、生家から持ちこんだものを着ていた。

けれど、紺色や焦げ茶色、ダークグリーンなど装飾も少ない暗色のドレスは、きらびやかな王宮の中では却って悪目立ちをしていた。

「君に相応しいものを仕立てさせる」とクラウスが宣言して、その三日後。

ずらりと目の前に並べられた華やかな色彩に、エマは大きく目をみはることとなった。

彼が用意してくれたのは、薔薇色やサフラン色、菫色《すみれいろ》、勿忘草《わすれなぐさ》色など、エマが自分では絶対に選ばないような愛らしい色ばかりだったのだ。

嫌かと聞かれれば、決して嫌ではなかった。

落ち着いた色も嫌いではないが、本当は、エマも年ごろの乙女らしく、こういった鮮やかで可憐な色の方が好きなのだ。

自分のような体型で明るい——膨張色をまとったら、よけいに目立ってしまうからと避けていただけで。

デザインもそうだ。

胸元や前身頃に装飾のないドレスばかり選んできたが、本当は他の令嬢のように、リボンやレースで飾った可憐なデザインをまとってみたいと思っていた。

クラウスが用意したドレスは、そんなエマの秘めた願望を打ちぬくものばかりだったのだ。

「……どうして？」

呆然《ぼうぜん》と問うたエマに、クラウスは当然のように「君の母君に助言を乞うた」と答えた。

「君に直接聞いては遠慮されるかもしれないと思ったのでな」と。

「でも、私が好きな色やデザインだからといって、似合うとは限らないではありませんか」と
エマが言えば、彼は「似合うように作るのが職人の腕の見せどころだ」と返してきた。

「ご婦人は衣装や髪型で気分が変わるのだろう？　君の好きな色やデザインのドレスを着た方が気分よく暮らせるはずだ。私には、夫として君に心地よくすごしてもらう義務がある」と。

そう言いはり、譲ってくれなかった。

――本当に……真面目すぎるし、やさしすぎるわよね。

ふふ、と頬をゆるめて、エマは前身頃を飾るリボンをちょんと指先で撫でる。

下にいくにつれて少しずつ小さくなっていくように、リボンを梯子《はしご》状に並べたデザインも、一度は着てみたかったものだが、胸元にボリュームが出てしまうからと諦めていた。

けれど、このドレスはリボンの羽をふくらませず、ボウタイのように平面的な形にすることで、スッキリと見せている。

リボンのふくらみがない代わりに、太めのシフォンの上に一回り細いシルクサテンのリボンを重ね、華やかさが添えられていた。

髪飾りに用いられたリボンも同じ意匠になっている。

袖口とスクエア状にひらいた襟ぐりはというと、瀟洒《しょうしゃ》なレースで縁取られていて、全体的に品よく愛らしい仕上がりになっている。

胸元から覗く谷間が目立つ気もするが、絹のスカーフでも羽織って隠せば問題ないだろう。

もっとも、今の暮らしでそんなことを気にしているのはエマだけかもしれないが。

——ああ……いえ、仕立師もそうでしょうね。

エマの婚礼衣装を担当することとなった仕立師は、初日に寸法を測りながら、何度も巻き尺の数値を確認していた。

手元の用紙に書きつけながら、「これは……歴代新記録ね」と呟いていたが、いったいどこの数値を見てのことだったのか。確かめるのが怖くて聞けなかった。

——無事に着られて何よりだわ。

今日、仮縫いとして見せられたドレスは思ったよりも小さく見えて、きちんと入るかどうか袖を通しながらドキドキしたものだ。

——おなかが少しきつかったけれど……仕方ないわよね。

試着は昼食後すぐに行われる予定だったため、昼食を前にして、なけなしの乙女心が「腹八分目にしておきなさい」と囁いていたが、しっかりいただいた。

なにせもう、エマ一人だけの胃ではないのだ。

エマがひもじければ、クラウスにもひもじい思いをさせることになってしまう。

乙女心と彼の健康を秤《はかり》にかければ、比べるべくもないだろう。

——だって、私はそのためにいるのですもの……。

今のエマは契約書で保障されているとはいえ、外から見れば微妙な立場だ。

お手はついているが正式な妻ではない。

愛人以上、契約妻未満といったところだろうか。

——もしも今、件《くだん》の魔紋師が見つかったら、お役御免になるのよね。

クラウスの妻として名を残すことはないまま、家に戻り、生涯独身を貫くことになるはずだ。

——寂しいけれど仕方ないわ……しょせん、殿下は私の胃袋だけが目当てなのですもの。

はあ、と溜め息をついてから、ふふ、と小さく噴きだしてしまう。

——胃袋目当てって……もう、嫌ね。悲しいけれど、自分で言って笑っちゃう。

身体目当てならまだしも嘆きがいがあるが、「胃袋目当て」では、切ない恋に酔《よ》い痴《し》れるのに、ロマンティックさが足りなすぎる。

本当に自分は普通の乙女のようにはなれないのだな、とエマは諦めめいたものを感じつつ、ふう、と息を吐いて背すじを伸ばした。

——まあ、この胃袋で殿下の健康をお守りできると思えば、光栄なことだわ。

それに現在学んでいる知識や教養は、この先家庭教師となった際、大いに活かされるに違いない。

おまけに毎日、最高級の料理を心行くまでたっぷりと味わえるのだ。

なにより、初恋の人のそばにいて、大切にしてもらえている。充分幸せなことだろう。

──そうね。ある意味、最高に恵まれた環境といえるわよね！

うんうん、と頷いたタイミングで、ぐーきゅるると相槌《あいづち》のように腹の虫が鳴く。

昼食をとってまだ二時間だというのに、もうおなかが空きはじめているのだ。

──そういえば、午後から鍛練をすると殿下がおっしゃっていたわね……。

思いきり身体を動かせば、消化も早まるだろう。

とはいえ、晩餐まではまだまだ間がある。

どうしたものかとおなかを押さえつつ、暖炉の上に置かれた時計をぼんやりとながめていると、不意にノックの音が響いた。

午後の講師が来るにはまだ早いが、いったい誰だろう。

「……どうぞ、お入りください」

訝《いぶか》しみつつ声をかけると、一呼吸の間を置いて扉がひらく。

「失礼いたします」

爽やかな挨拶と共に入ってきたのは、栗色《くりいろ》の巻き毛にハシバミ色の瞳を持つ、年の頃二十代半ばほどのスラリとした青年。

クラウスの侍従の一人――カイル・モーガンだった。

「まあ、カイル様。どうなさったのですか？」

エマに名を呼ばれ、彼はパチリと目をみはると白い歯を見せて微笑んだ。

「エマ様、私に様を付ける必要はないと申し上げたはずですよ。あなたは王太子妃になられる方なのですから、あなたがへりくだっていては、クラウス殿下まで見くびられてしまいます」

やんわりと窘められて、エマはバツが悪そうに眉を下げる。

カイルは顔立ちや物腰こそやわらかいがクラウスへの忠誠心が強く、その妻となったエマにも主人に相応しい存在であってほしいと思っているのだろう。

時々こうして注意されてしまって、そのたびにエマは情けなくなる。

「……ごめんなさい」

「いえいえ、少しずつ慣れていっていただければ結構ですよ！」

ニコニコと笑みを浮かべながらそう言うと、カイルは手にしたものに視線を落とした。

つられてエマもそちらに目を向ける。

部屋に入ってきたときから気になっていたのだが、彼は白い覆いがかけられた、一抱えほどの大きさの何かを捧《ささ》げ持っているようだった。

「……つい先ほど、殿下から、あなたにお届けするように仰せつかりました」

サッと覆いが外されて見えたのは銀の盆。

その上には、白地に金彩の縁取りがほどこされたティーポットとティーカップ、それから、ビスケットらしきものが行儀よく並べられた皿が一枚置かれていた。

「まあ、ありがとうございます」

反射的に礼の言葉を口にしてから、エマはジワリと頬が熱くなるのを感じた。

――そうよね。殿下にも伝わるのよね。

エマが空腹を感じていることに鍛錬の途中で気付き、速やかに手配してくれたのだろう。

そのやさしさを嬉しいと思う一方、気恥ずかしくもなって、思わず顔を伏せると、カイルが困ったように眉を下げた。

「……申しわけありません。殿下がいらっしゃればよろしかったのですが」

どうやら彼は、クラウスが直接来なかったことをエマが寂しがっていると思ったようだ。

「えっ、いえいえ！」

エマは慌てて首を横に振り、ニコリと微笑んだ。

「そのようなこと気にしておりませんわ。殿下がお忙しいことは重々承知していますもの！」

「わかっていただけて何よりです」

カイルはホッとしたように頬をゆるめ、けれど、すぐにまた眉を下げた。

「本当に、お忙しいのですよ。本来は陛下がなさるべき政務まで殿下が担ってらっしゃるので、休まれる暇がないのです」

「……そうなのですね」

相槌を打ってから、エマは少し首を傾げて、先日から抱いていた疑問を口にした。

「陛下はお身体の具合が優れないとのことですが、何のご病気なのですか？」

王が不調を訴え、表舞台から退いたのは七年前。

王妃が療養のために祖国に帰ったすぐ後のことで、母親に続いて父親まで病にかかるとは、とクラウスを気の毒に思っていたのだが……。

「ああ、嘘ですよ。ご病気などではございません」

「えっ⁉」

「晩餐でお会いになったでしょう？　元気そうだな、と思われませんでしたか？」

サラリと問われて、エマは答えに詰まる。

「……確かに、思っていたよりも、お元気そうだと感じましたが……」

「王家の恥になりますので、王宮の外には出さないようにと口止めされておりますが、陛下は単に政務を放棄されただけなのです。公妾様と過ごす時間を奪われたくないとおっしゃって」

「そんな……そのような理由で？」

「はい。王妃様が国に帰られてすぐ、彼女だけ自由に生きられるのはずるい。自分も愛する人のために残された時間を使いたいと……」

溜め息まじりに明かされた真実に、エマは唖然《あぜん》となる。

一国の王がそのような理由で政務を放棄するなど信じられないし、信じたくもなかった。

「……王妃様のご病気も半分は嘘なのです。静養のために祖国にお戻りになったということになっておりますが、本当は、陛下と公妾様のふるまいに嫌気がさして出ていかれたのです」

「殿下をお一人残してですか……?」

眉をひそめるエマに、カイルは苦笑を浮かべて「はい」と頷いた。

「むしろ、殿下から王妃様に帰国を勧められたと伺っております。『自分が国を守っていくから、安心して好きなようにしてほしい』と……きっと、蔑《ないがし》ろにされて苦しむ王妃様を見かねられたのでしょう」

「そうなのですか……本当に殿下は、おやさしいのですね」

クラウスは自分が母親を逃がしたから、その責任を取るように、父親のわがままも叶《かな》えたのかもしれない。

王妃を羨んだ王が、彼女を祖国から連れ戻そうとしないように。

そうして、本来、王や王妃が担うべきことまで抱えこむことになったのだろう。

――確か、殿下は軍の最高司令官も兼ねていたはずよね。

政務と併せて、いったいどれほどの仕事量をこなしていることやら、想像もつかない。

その上、婚儀の準備まで加わっては、本当に休む暇などないだろう。

――私ったら、なかなか会えなくて寂しいだなんて……バカなことを考えていたわね。

クラウスが重責を担っていることも、多忙なことも理解しているつもりだった。

責任感が強い方だから、何ごとも真面目に取り組んでらっしゃるのだろうな——などとふんわりと捉えていた。

けれど、エマが思うよりもずっと深い、悲しい覚悟でもって彼は自分の職務を果たしていたのだ。

——殿下のために……もっと、私にできることはないかしら。

彼の心は無理でも、せめて身体の負担だけでも軽くしてあげたい。

そう思ったところで、フッとカイルが笑う気配がした。

「……エマ様こそ、おやさしいのですね」

「あ、いえ、私は——」

「正直、ホッとしております」

カイルは盆を持っていない手を胸に当てて、ほう、と息をつくと悪戯《いたずら》っぽく目を細めた。

「実は……あなたを殿下に推薦したのは私なのです」

「えっ、そうなのですか⁉」

予想外の告白に目をみはるエマに、彼は「そうなのです」と頷いて言葉を続ける。

「他の女性を選んだ場合、複数名と魔紋を繋げる必要があります。殿下のご気性から考えて、それは受け入れがたいだろうと思い、あなたにお願いしてはどうかと進言したのです」

「……そう、だったのですね」

確かに、クラウスの性格からして複数の女性と契約を結ぶのは苦痛だろう。

誰か一人を正妃に据え、残りの女性を公妾の立場に甘んじさせるなど、倫理に反すると思うに違いない。

──だから、私を選ぶしかなかったということなのね。

そう思ったところで、「君だけは選びたくなかった」という彼の言葉を思いだし、チクリと胸が痛む。

選択肢が他にあるのなら、きっと、もっとクラウスの好みにあう、恋愛感情を抱ける女性を選びたかっただろうに。

しんみりと心が沈みかけて、でも、とエマは思いなおす。

──それでも……嫌われているわけではないわよね。

色恋の相手としてはみられなくとも、大切にしてくれているのは確かなはずだ。

それで充分ではないか。

「……そのようにみこんでいただけて光栄ですわ」

ニコリと笑って告げるが、カイルはエマの複雑な思いを察したのだろう。

少し痛ましげに眉をひそめた後、慰めるように笑みを作って言葉を返してきた。

「エマ様。どうか、殿下をよろしくお願いいたします。そして……」

ふ、と言葉を切り、カイルは表情を引き締めるとエマに乞うた。

「できれば、殿下を愛してさしあげてください」

「え？」

「そうすれば、きっと殿下もあなたを愛してくださるに違いありません」

突然何を言いだすのだろう。戸惑うエマに、カイルは真剣なまなざしで訴える。

「王妃様のこともあって、殿下は結婚に夢を抱けなくなってらっしゃるのかもしれませんが、せっかくあなたという妻を迎えられるのですから、私は殿下に愛を知っていただきたいのです……私のように」

ポツリと呟いて口をつぐんだカイルの瞳に奇妙な熱がよぎったように見えて、エマは、え、と目をまたたく。

けれど、それは本当に一瞬のことで、気付けば奇妙な熱は幻のように消え失《う》せ、ハシバミ色の瞳には深い憂いが灯っていた。

「そう、殿下には私のように騙《だま》されず、愛し愛される関係を築いていただきたいのです」

「……あなたのように、ですか？」

「はい。……エマ様も聞いたことがおありでしょう。五年前のあの事件の事を」

「五年前とは、殿下の暗殺未遂事件のことですか？」

エマが首を傾げると、カイルは沈痛な面持ちで「はい」と頷いた。

「確か……殿下の乳母兄弟の方が悪い女性に騙されて、殿下に毒を盛る手伝いをさせられたのですよね……?」

顎に手を当てて、エマは当時新聞で目にした事件のあらましを思い返す。

当時、侍従になりたての青年が、ジェンナ・コックスという伯爵令嬢を騙る女に誑《たぶら》かされて、彼女を王宮に引き入れ、クラウスに持っていく水差しに毒を入れられてしまったのだ。

「ええ、そうです。……あの事件に出てくる、殿下の乳母兄弟とは私のことなのです」

「えっ!?」

またしても予想だにしない事実を打ちあけられ、エマはパチリと目をみひらく。

「……母が殿下の慈悲におすがりし、どうにか私の名は表に出ず、罪にも問われずにすみましたが……」

あの事件でジェンナとその父は処刑されたが、侍従の方は「彼は利用されただけだ」とクラウスが口添えをしたため、裁判にかけられることはなかった。

けれど、高位貴族の嫡男だったという青年は、廃嫡され、家族からも縁を切られたと、新聞に書かれていた。

——あの青年が、カイルだったなんて……。

エマは戸惑いながらも、カイルを慰めるように笑みを浮かべる。

「それは……大変な目に遭われましたね」

「いえ、自業自得です。彼女が何を企《たくら》んでいるのかも気付かず、とめることができなかったのですから……」

そう呟いたカイルのハシバミ色の瞳には深い後悔に混ざって、切なげな色が揺れていた。

きっと彼女とのできごとは、いまだに彼の心に深い傷となって残り続けているのだろう。

「……ジェンナを愛していらしたのね」

「若かったから、というには愚かすぎますが……」

そう言葉を濁し、小さく溜め息をこぼすと、カイルは痛みを堪えるように目を伏せた。

「……当時、私は屋敷で謹慎していましたが、裏切られたことがどうしても信じられなくて、彼女が何を考えていたのか、どうして私を共犯者として選んだのか聞きたくて、何通も手紙を送りました」

「それで、お返事は……？」

「来ませんでした。彼女の処刑が決まり、最後に面会をとも望みましたが……殿下が会わない方がいいとおっしゃったそうで叶いませんでした」

「……そうなのですか」

「はい。おそらく殿下は、私が無茶《むちゃ》をするかもしれないと案じていらしたのでしょう。そのご推察は正しかったと思います。きっと私は、彼女を牢《ろう》から連れだそうとしたでしょうから……たとえ、逃げきれないとわかっていてもね」

自嘲めいた笑みを浮かべるカイルに、エマは胸が締め付けられるような心地になる。

——そこまで想っていた女性に裏切られたなんて……さぞ、辛かったでしょうね。

カイルは確か、今年で二十三歳だったはずだ。

五年前は十八歳。分別のつく年ではあるが、思慮深い大人というには若すぎる。

信じて恋した女性に裏切られ、家も身分も失うことになり、どれほど傷ついたことだろう。

眉を寄せ、言葉を探すエマをカイルはしばらくの間ジッと見つめていたが、やがて、フッと頬をゆるめて口をひらいた。

「エマ様、私を哀れんでくださらなくて結構ですよ。私は殿下に命を救っていただき、人生の目標も与えていただきました」

「人生の目標、ですか?」

「はい。あれ以来、母や父と会っていませんが、別れの日、彼らから言われました。私たちの息子は今日死んだ。おまえの命は殿下のものだ。これからの人生のすべてを殿下に捧げ、誠心誠意お仕えするようにと……ですので、私は殿下の御恩に報いるために、精一杯務めを果たしたいと思っているのです……」

噛《か》み締《し》めるように言った後、スッと背すじを伸ばすと、カイルはエマをまっすぐに見つめて微笑んだ。

「あのときは辛くも思いましたが、殿下のおそばにお仕えできてよかったと思っております。

近頃は特に、そう感じるようになりました」

目を細めて語る彼の表情は、強がりではなく心からそう思っているように見えた。

「それは……何よりですわ」

エマがホッと笑みを浮かべて言うと、カイルは「はい」と微笑み返し、それから、祈るように囁いた。

「エマ様、私は、お二人が愛し愛される幸せなご夫婦になることを心より願っておりますよ」

「……ありがとうございます」

カイルの思いに胸を打たれながらも、エマは申しわけないような心地になる。

――殿下は、この結婚が期間限定のものだと話してらっしゃらないのね……。

伝えるべきか一瞬迷い、エマは伏せたままでいようと決めた。

カイルはクラウスの侍従だ。告げる必要があると判断すれば、彼がそうするだろう。

「……たとえ、そのような夫婦になれなくとも、私も殿下のお役に立てるよう、精一杯頑張りたいと思います」

やさしい願いに応えるように、せめてもの決意を口にすると「はい、お願いいたします」とカイルは満足そうに微笑んだ。

それから、「ああ、そうだ！」と我に返ったように声を上げ、手にした盆に視線を戻した。

「長々と無駄話を失礼いたしました。どうぞ、紅茶が冷める前にお飲みください」

「はい、いただきます」

紅茶をカップに注いでもらっている間に、エマは、コトリと目の前に置かれた皿、その上に並べられた焼き菓子に視線を向ける。

コインサイズの薄焼きのバタービスケットに、淡いキャラメル色をした何かが挟まっているようだ。

「挟まっているのは……バターですか？」

「いえ、ミルクジャムです」

「ミルクジャム！」

トーストに塗って食べたことはあるが、ビスケットに挟んであるのは初めてだ。

「……何というお菓子なのですか？」

「特に名前はございません。強いて言えば……ミルクジャムサンドビスケットでしょうか？　そのままですね！」

物珍しげに尋ねるエマに、カイルはそう答えてクスリと笑ったと思うと、ふと眉を下げて、少し寂しそうに続けた。

「……殿下が、よく召し上がっていました」

「殿下が？」

「はい。殿下は、いつも遅くまで執務にあたられているのですが、以前は、毎夜のようにこれを摘まんでらっしゃいました。最初はビスケットだけだったそうですが、『甘さが足りない』という殿下のご希望で、ミルクジャムを挟んだと聞いております」

つまり、クラウス考案のメニューということなのだろうか。

「濃いめの紅茶と一緒に口にすると、目が覚めて疲れが取れるのだとか……どうぞ、エマ様もお試しください」

「……はい、では、いただきます」

そっと一枚摘まんで、口元に運ぶ。

クラウス好みの大きさはエマの口には少しだけ大きいようで、一口で頬張るか行儀よく齧《かじ》るか一瞬迷い、どうせなら一口でいこうと思いきって放りこむ。

ん、と口を閉じた途端、サクリと心地よいビスケットの歯ごたえを感じたと思うと、滑らかなミルクジャムが舌の上に漏れでる。

――これは……甘いわね。

エマはパチリと目をみはる。

サクサクと噛むほどに砕けたビスケットとミルクジャムが口内で絡みあい、香ばしいバターの匂いとミルクのやさしい香りが鼻に抜けていく。

――ああ……まるで、甘さに蹂躙《じゅうりん》されているみたい。

脳に染み入るような濃厚な甘さに酔い痴れつつ、エマは、ふふ、と笑みを浮かべて、ティーカップを口元に運ぶ。

ただれるような甘みに支配された口内が、夏摘みの紅茶の爽やかな芳香と苦みに洗い流されていく。

これは確かに、疲れた頭と身体にピッタリの取り合わせだろう。

──それにしても、これほどの甘さを好まれるなんて……殿下は、本当に甘いものがお好きなのね。

かなりの剛の者ならぬ甘の者だ。

──それなのに、食べられなくなるなんて……お気の毒だわ。

きっとクラウスにとって、毎夜の甘味《かんみ》は仕事の疲れを癒《いや》す、ささやかな日々の楽しみだったに違いない。

──少しでもいいから、どうにかして、味わっていただくことはできないかしら……。

そう思いつつ、二枚目のビスケットを手に取る。

口元に運んだところで、ふと、視線を感じて顔を上げるとカイルと目が合う。

「……美味しいです。ありがとうございます」

「さようでございますか。お口に合えば幸いです」

ニコリと微笑んだエマにカイルもニコリと笑い返し、そのまま、じっと見つめてくる。

食べおわるまで見ているつもりなのだろうか。

——殿下に、きちんと見届けるようにとでも頼まれたのかしら……。

もしかしたら、エマの食べっぷりによっては、もう少し追加するようにと命じられているのかもしれない。

少しの気恥ずかしさを感じつつ、エマは再びビスケットを一口で頬張ろうと口をひらきかけ、けれど、思い直して控えめにかじりつくことにした。

けれど、それがいけなかったのだろう。

かじった拍子に、ビスケットの間からミルクジャムがはみだしてしまった。

トロリと垂れたものがスカーフに落ちる。

あっ、とスカーフを引っぱってよければ、その勢いでビスケットが揺れ、今度は直に胸へとジャムがしたたった。

——ひゃっ、冷たい。

冷たさに息を呑むが、それはすぐに体温と馴染んだ。

ぬるい粘液が肌を滑るくすぐったいような感触に、思わずエマは、いつかのクラウスの舌を思いだしてしまい、ジワリと頬が熱くなる。

——いやだわ、何を連想しているのかしら……！

キュッと目をつむって場違いな妄想を追いはらい、ハンカチを取りだして拭ったそのとき。

——あら……そういえば、あのとき……。

初夜の光景がよみがえると同時に、小さな違和感が頭をよぎる。

ゆっくりと記憶を辿っていき、違和感を解きほぐした先に、ふと一つの案が浮かんだ。

クラウスに甘味を楽しんでもらうための――ひどくはしたなく、くだらない案が。

上手くいくかはわからない。

もしかすると呆れた彼に愛想を尽かされ、期限が来る前に契約を切られる可能性も否定できない、そんな案だ。

けれど、思いついたからには試してみたかった。

もう一度、彼がささやかな楽しみを取りもどせるように。

「……あの、カイルさ――カイル」

「はい、何でしょうか」

「殿下に、今夜お時間を頂戴できないか聞いていただけませんか？　少し、お話したいことがあるのです」

そう願ってから、エマは慌てて付け足した。

「できればでかまいませんので！」

「……わかりました。今夜ですね」

カイルはニコリと微笑むと、エマの遠慮を吹きとばすようにポンと胸を叩いて請け負った。

「お任せください！　必ず時間を作っていただくようにいたしますから！」

「えっ、いえ、無理にとは」

「いえいえ、この一週間の殿下は、特に忙しく過ごしてらっしゃいましたからね……お二人でまともに会話をする機会もなかったのではありませんか？」

「それは……確かに、そうかもしれませんが」

「そうでしょう」

渋い顔で頷くと、カイルは溜め息を一つこぼして、嘆かわしげにかぶりを振った。

「これはいけないと私も思っていたところです。これでは愛が生まれない。お二人には、ぜひとも愛し愛されるご夫婦になっていただきたいというのに……！」

「いえ、殿下がお忙しいのは仕方がないことですし……」

「いえ！　必ずあなたに会いにいくよう、私からよくお願いしておきますので！」

グッと拳を握って勢いこむカイルに少しばかり気圧《けお》されつつも、エマはその気遣いを嬉しく思い、「ありがとうございます」と微笑んだ。

＊　＊　＊

その夜、クラウスがエマの部屋を訪れたのは、時計が零時を回った頃のことだった。

「……遅くなってすまない」

寝台に腰を下ろしていたエマが慌てて立ち上がって出迎えると、クラウスは申しわけなさそうに謝罪を口にしながら、足早に近付いてきた。

「いえ、こちらこそ……お忙しいのに無理を言って、申しわけありません」

就寝用のシュミーズの上にガウンを羽織ったエマに対して、クラウスは上着こそ脱いでいるものの、ドレスシャツとベスト、トラウザーズといった宮廷服をまとっている。

きっと、これからまた政務に戻るのだろう。

それなのにくだらない提案をして時間を奪っていいものかとためらっていると、クラウスはエマの迷いを察したのか、発言を急《せ》かすことなく場を和ますように微笑んだ。

「いや、気にしないでくれ……それよりも、エマ嬢、今日もありがとう。久しぶりに思いきり身体を動かせた。君のおかげだ」

「そんな、私はただ食べているだけですから」

「今の私はそれすらできないのだから、そう謙遜しないでくれ」

やわらかく目を細めて告げられ、エマはふわりと心が和むのを感じた。

「……ありがとうございます」

二人の間に暖かな空気が流れて、互いの口元に自然と笑みが浮かぶ。

「……しかし、こうして話せるのも久しぶりのような気がするな」

「……さようでございますね」

「すまないな。もうしばらくはこのままだと思う。ゆっくり話す機会はなかなか取れないかもしれないが、何かあればすぐに……そうだな、侍女にでも手紙を託して伝えてくれ。この契約において君の不満を解消するのは私の務めで、不満を私に伝えるのは君の務めだ。互いの義務を果たすためにも、遠慮なく書き送ってくれ」

「ふふ、ありがとうございます。何かあったら、そうさせていただきますね」

生真面目すぎる提案にエマが思わずクスクスと笑ってしまうと、クラウスもつられたように目を細める。

「ああ、そうしてくれ……それで、王太子妃教育の方はどうだ？　負担にはなっていないか？」

「いえ、大丈夫です。日々、学ぶ喜びを感じております。落ちこぼれないよう、必死に食らいついておりますわ」

「そのように謙遜せずともいい。どの教育係も褒めていた。特に語学の担当は、教えることはないとまで言っていたぞ」

「そんな、大げさですわ。本物を知るほど、己の未熟さを思い知るばかりです」

せっかく、最上級の講義を受ける機会を与えてもらったのだ。

「まだまだ学ばせていただきたく思っております！」

しゃきりと背すじを伸ばして告げると、クラウスは「そうか」と微笑を浮かべて頷いた。

「実に謙虚で美しい心構えだな。私も見習いたいところだ」

「……ありがとうございます。そのように言っていただけて光栄です」

面映《おもはゆ》いような心地で微笑み返し、ふと二人の間に穏やかな沈黙が落ちたところで、エマは話を切りだそうときめた。

これからする提案がどれほどくだらなく、はしたないものだとしても、彼ならばきちんと話を聞いてくれるだろう。そう、思えたから。

「……あの、殿下」

エマの表情から、本題に入ろうとしていることを察したのだろう。

クラウスは居住まいを正すと「何だ？　何でも言ってくれ」と促してきた。

「はい。実は……殿下の呪いについて、思いついたことがあるのです」

「思いついた？」

「はい。解くことはできなくとも、かいくぐることはできないかと思いまして……」

「かいくぐる……それができるのならば何よりだが、そのような方法があるのか？」

真剣な面持ちで尋ねるクラウスの瞳には「できるわけがない」という諦観が浮かんでいたが、同時に「できるのならばそうしてほしい」という期待も滲んでいた。

その期待に応えられることを願いながら、エマは答える。

「確実とは言えませんが……その、殿下は以前、私を……舌で愛でてくださいましたよね？」

「え？　……ああ、愛でたな」

　突然の色めいた問いに戸惑いながらも、クラウスは素直に頷いた。

「その時には、ご不快な思いはなさらなかった……ですよね？」

「それは……そうだな。確かに、君の味のままだった」

　ポツリと返されて、自分で聞いたことだというのにエマはポッと頬が熱くなる。

　けれど、ここで恥ずかしがっている場合ではないと、俯《うつむ》きたくなるのを堪え、まっすぐに彼を見つめて言葉を続けた。

「その、それでですね。思ったのです。もしかしたら食事だと思わなければ、普通に味を感じられるのではないかと」

「食事だと思わなければ？」

「はい。夫婦の営みの一環として舌を使うのならば、呪いをかいくぐれるかもしれないと……」

　あくまで仮説で確証も保証もない。

　もしも失敗すれば彼にひどい苦痛を味わわせることになるが、それでも。

「一度だけ……試してみてもよろしいでしょうか？」

　おずおずと尋ねるエマをクラウスはジッと見つめてから、覚悟を決めたように頷いた。

「君が何を思いついてくれたのかはわからないが……わかった。やってくれ」

「っ、ありがとうございます！」

勢いこんで答えると、エマは寝台に腰を下ろし、ガウンの襟をひらいて肩から滑りおとした。

次いでシュミーズの襟ぐりに手をかけ、思いきって左右に広げて肩から引き下ろした瞬間、育ちすぎた二つのふくらみ——を通りこしてもはや小山な胸がふるんとまろびでる。

即座にクラウスの視線がそこに落ちるのを見て、エマは、ホッと安堵の息をつく。

初夜では熱心に揉んでいた気がするので、嫌われてはいないだろうと思っていたが、意外とこれを気に入ってくれているのかもしれない。

「……殿下。今から行うのは、夫婦の営みです。まず、その前提でお願いいたします」

「え？　あ、ああ」

「では……舐めていただけますか」

たぷりと両手で両の胸を持ちあげ、差しだすようにしてねだれば、クラウスがパチリと目をみはる。

「……君の胸を、か？」

「……はい」

仄かな羞恥と戸惑いの滲む声で問われ、頷きながら、エマは頬に熱が集まるのを感じた。

——ああ、きっと、突然何をはしたないことを言いだすのかと呆れてらっしゃるでしょうね。

けれど、クラウスは真っ赤になっているエマをしばらく見つめてから、それ以上何か尋ねることなく「わかった」と頷いて、その場に膝をつくと白いふくらみに唇を寄せた。

「……っ」

最初は左鎖骨の少し下あたり、チロリと覗いた赤い舌が肌にふれた瞬間、ゾクリと淡い痺れが走り、エマは小さく息を呑む。

そのまま彼は、うっすらと透ける静脈を辿るように、ふくらみの中心に向かってゆっくりとなぞっていく。

そして、立ち上がりかけていた薔薇色の頂きに彼の舌がふれたところで、淡い痺れは確かな快感へと切り替わった。

「……ぁっ」

パクリと食まれた刺激に声を上げ、小さく身を震わせると、おそらくは無意識にだろう。クラウスの腕がエマの背に回り、そっとなだめるように撫でられる。

そのまま熱い口内で頂きを舐《ねぶ》られ、吸われ、舌先でくすぐられて。

次々と生まれる快感が胸の奥へと染みこむように広がり、背骨を伝って下腹部に熱をもたらしていく。

その熱はやがて疼きに変わり、エマがすりりと膝を擦り合わせると、は、とクラウスが息をつき、胸元にかかる彼の息遣いが微かに乱れた。

こらえきれずにこぼす喘ぎに混じって、エマはホッと息をつく。

——よかった……殿下も興奮してくださっているみたい。

エマだけが昂ぶってもおそらく意味はないので、クラウスが無反応だったらどうしようかと思ったのだが、少しは欲情を覚えてくれているのだろう。

——恋愛感情は抱けなくても、欲情はできるってことなのね……。

切ないような思いが胸をよぎる。

それでも、「君では勃たない」と言われるよりはずっとマシだと思い直して、エマは次の段階に移ることにした。

そっと背後に手を回し、敷き布に置かれた盆を手探りで引き寄せ、盆の上に手をかざすと、指先にコツンと冷たい衝撃が走る。

それを親指と人差し指で握りこみ、さらにもう一つ、盆に置かれた品を小指ですくい、薬指で挟んで前に持ってくる。

そうして、エマは用意した品——ミルクジャムの瓶の蓋をあけると銀の匙《さじ》をさしこんだ。

物音に気付き、クラウスが顔を上げようとしたところで「……ダメ、そのままで」と小さく声をかける。

何を口にするのか認識してしまったら、失敗するかもしれないと思ったのだ。

「……わかった」

彼の視線が胸に戻ったのを確認してから、エマは瓶から引きあげた匙を傾け、ミルクジャムを左のふくらみに垂らした。

かがみこんだクラウスの鼻先へと。

「……ん」

冷たさを感じたのは一瞬。すぐに肌に馴染んで、仄かに濡れたような感覚だけが残る。

食い入るように注がれる彼の視線に、身の内の熱が上がる。

トロリと体温で蕩《とろ》けたミルクジャムが肌を伝い、薔薇色の頂きへとさしかかる。

「……も、もっと、舐めて、気持ちよくしてください」

これは食事ではない、夫婦の営みの一環なのだ。

そう言いきかせるように、羞恥に震える声で精一杯甘くねだると、小さく喉を鳴らした彼がおずおずと舌を伸ばしてくる。

ぺちゃりと舌先がふれ、エマが、あ、と吐息をこぼした次の瞬間。

ふ、とクラウスが息を呑み、直後、餓《う》えた犬のような勢いで食らいつかれた。

「――っ、ぁあっ」

じゅるりと舐め上げられ、軽く歯さえ立てられて、強すぎる刺激から逃れようと身を引いた瞬間、背に回った力強い腕に「そうはさせない」というように引き戻される。

「ひっ、ん」

エマは喘ぎを堪えようとして、けれどすぐに思い直して素直に声を上げた。

「――ぁ、ああっ、殿下、気持ちいい、です……っ」

胸にかかる彼の呼吸がいっそう荒くなるのを感じて、エマは喘ぎにまぎれて小さく安堵の息をつく。

――よかった……上手くいっているみたい。

先ほどクラウスに告げた仮説。

あれを思いついたとき、エマは、以前読んだ恋物語のことを思いだしていた。

蜜薔薇姫《みつばらひめ》という題名の愛らしさに引かれて手に取ったものの、中身は予想外に過激なもので、読み進めながら、思わず何度も本を閉じてしまった。

お話の中で、主人公の姫君と騎士はバリエーション豊かな愛の営みを交わしていくのだが、その中に、女性の身体に蜂蜜を塗って舐めるという行為があったのだ。

それを試してみることにしたのだが、無事に成功したようで何よりだ。

――でも……もう少し、淫らな雰囲気にしたほうがいいのかしら……?

久しぶりの甘味をじっくりと味わってほしいが、味に集中しすぎても、彼の頭が「食事」と認識してしまうかもしれない。

あくまで、これは夫婦の営みの一環なのだと、思わせ続けなくてはいけないのだ。

あの本では、どのようなことをしていただろうか。

最初の一匙分を舐めおえて、名残惜しげにふくらみを舌でなぞっているクラウスの鼻先に、新たな一匙分を瓶からすくって垂らしつつ、懸命に考える。

——そうだわ、あの本では確か、ヒロインが恋人の頭を撫でながら……。

ようやく思いついたところで、エマはクラウスの頭を撫でて、そっと耳元で囁いた。

「……殿下、私の胸……いいえ、おっぱいは美味しいですか？」

ビクリと彼が肩を揺らし、エマはハッと息を呑む。

——ああ、「美味しい」はダメだったかしら!?

焦りながらクラウスの様子をうかがい、エマは、エマの胸に顔を伏せた彼の耳たぶが、ジワジワと赤く染まっていくのを目にして、ポッと頬が熱くなった。

——あぁぁ、やっぱり、「胸」にしておけばよかった！

呪いが発動したわけではないのは幸いだが、そのまま参考にするには、はしたなすぎたかもしれない。

それでも、エマは乗りかかった船だと思い直し、赤くなった彼の耳たぶを指先で官能を煽るようになぞり、もう一度、囁いた。

「あの、殿下……私のおっぱい、美味しいですか……？」

羞恥に震える声で、それでも、できるだけ色っぽく聞こえるように。

一瞬の沈黙の後、ふ、と吐息がエマの胸をくすぐって、顔を伏せたままクラウスが答えた。

「ああ。君の胸は……」

「……胸？」

「っ、……君の、おっぱいは美味しい」

ポツリとこぼされた言葉が耳に届いた瞬間、エマは頬の熱が増すのを感じた。

――こ、これは、恥ずかしいわ……！

クラウスの口から「おっぱい」という言葉が出てくるのは、聞いているこちらの方が気恥ずかしく、むず痒《がゆ》くなるような、何ともいえない破壊力がある。

――ああ、無理強いなんてしなければよかった！

恥ずかしい台詞を言わせた側がダメージを受けることもあるのだ。

初めて知ったが、できれば知りたくはなかった。

――もう二度と、言わないし、言わせないわ……！

急速にこみあげてくる後悔と羞恥に、エマは顔を覆って逃げだしたくなる。

けれど必死に堪え、うふふ、と精一杯の色香を含んだ笑みをこぼすと、クラウスの髪をやさしく撫で続けた。

どうか今、顔を上げないでほしいと願いながら。

きっと今の自分は、チューリップのように真っ赤になっているだろうから。

もっとも、クラウスの方も顔を見られたくなかったのかもしれない。

不自然なほど俯いたままエマの胸――いや、ミルクジャムを味わい続け、最後に谷間をなぞりおり、へその近くにまで垂れていた一滴を舐めとった後、ゆっくりと身を起こした。

その表情はいつもと変わらぬほど落ちついたものだったが、伏せた目元は、うっすらと朱に染まっていた。

「……っ」

おそらく無意識にだろう。

クラウスが名残を惜しむように、あるいは反芻《はんすう》するように濡れた唇を舌で舐め、コクリと喉を鳴らすのを目にして、エマは思わず息を呑む。

薄っすらと染まった目元もあいまって、その仕草は得も言われぬ色香を感じさせた。

普段の彼は常に冷静で、いっそ禁欲的な印象を受ける分、いっそういけないものを目にしたような気になる。

トクトクと騒ぐ胸を押さえてエマがそっと息をつくと、クラウスがスッと睫毛を上げ、二人の視線が絡み合う。

その瞬間、自分を見上げる深い青の瞳に抑えた熱が灯っているのに気付いて、エマは、また小さく息を呑む。

「……エマ嬢」

囁く声にも、いつにない昂《たかぶ》りが滲んでいる。

互いに微かに息を乱しながら見つめあっていたのは、どれくらいの間か。

不意にエマの背に回ったクラウスの腕がほどけ、肩にふれる。

その指先に力がこもり、このまま寝台に押し倒されるのかと、キュッと目をつむった瞬間。

不意に彼の手から力が抜けて離れたと思うと、ずり落ちていたシュミーズの襟をつかまれ、ぐいと引き上げられた。

「……え」

パチリとひらいたエマの目に映ったのは、立ち上がって背を向けようとしているクラウスの姿だった。

「……ありがとう、エマ嬢。君の献身に感謝する。久しぶりに幸せを味わえた」

「え、あ、あの……」

「湯を持ってくる。身体を清めたら、着替えて休むといい。私は政務に戻る」

「ですが――」

「今日は十日ではない。これ以上は契約違反だろう」

静かに告げられ、エマは一瞬言葉に詰まり、それから顔を俯かせて答えた。

「……はい、おっしゃるとおりですね」

あっさり手を引かれてしまって寂しい。ふれたいと思ってくれたのなら、もう少し、ふれてほしかった――なんて思うのは、欲深いことだ。

エマは奥歯を噛みしめて浅ましい願いを呑みこむと、スッと顔を上げて微笑んで、遠ざかりゆくクラウスの背に向かって、明るく声をかける。

「殿下、これで上手くいくとわかったわけですし、また……ええと、お夜食を召し上がりたくなったら、遠慮なくおっしゃってくださいね！」

ここまでは契約の範囲を逸脱しないというのなら、今後も続けてかまわないだろう。

「……ああ、また……そのうち、頼む」

少しのためらいの後、ポツリと返ってきた言葉にエマは笑みを深める。

また一つ、クラウスの役に立てることが増えたのだ。

実に喜ばしいことではないか。それで充分だ。

自分に言いきかせるように心の中で呟いて、エマは「はい、いつでもどうぞ！」と元気よく言葉を返した。

第三章　そこまで言ってくださらなくても……！

暦《こよみ》が六月に変わって迎えた十日。

エマはクラウスとの婚儀に臨むため、王都の大聖堂の入り口に立っていた。

ゆっくりと扉がひらいたところで、左手に立つ父が差しだしてきた腕に手をかけると、花婿の待つ祭壇に向かって、まっすぐに伸びた身廊へと踏みだす。

ベールで淡く霞《かす》む視界の中、転ばないようにと足元に気をつけつつ、真紅の絨毯を一歩一歩踏みしめ歩いていく。

白百合で飾りつけられた会衆席の間を進みながら、様々な感情が入り混じった無数の視線と、高らかに響く聖歌隊の歌声とパイプオルガンの音色に包まれて、ドキドキと鼓動が速まる。

けれど、そっと傍らの父に目を向けると、エマよりもよほど緊張しているようで、ブリキの人形めいたぎこちない歩き方になっていた。

――お父様ったら……そんなに緊張なさらなくてもいいのに。

フッと心が和み、ベールの下でエマは微笑んだ。

事前の打ち合わせの際に、父は「絶対に失敗しないように頑張るからな！」と言っていたが、その決意が却ってプレッシャーになったのかもしれない。

父は本当に、エマのことを大切に思ってくれているから。

それは、会衆席の最前列で見守る母と兄も同じだ。

三人とも、今朝、王宮で顔を合わせた際、花嫁姿のエマを目にした瞬間、ボロボロと感涙に咽《むせ》び、「幸せになるんだよ」と繰り返していた。

――愛しあっての結婚ではないって、わかっているはずなのにね。

クラウスの受けた呪いのことも、それがもたらす苦痛から彼を救うための結婚なのだということも、三人は知っている。

あの夜会の翌日。

エマの家を訪れたクラウスが三人に告げ、「私には彼女の助けが必要なのだ。どうかエマ嬢を私に託してほしい」と乞うたからだ。

「昨晩の夜会でエマがクラウスに空き部屋につれこまれた」という噂を耳にしていた三人は、それが嘘だったことへの安堵とともに、娘が愛情から望まれたわけではないという落胆、クラウスへの同情が入り混じった複雑な表情をしながらも、クラウスの言葉を受け入れた。

「……エマがそうすると決めたのならば、私たちは娘を信じます。どうか、この子をよろしくお願いいたします」

そう言って深々と頭を垂れる父の姿に、エマは胸が熱くなったものだ。

――あれは嬉しかったわ……。

父も母も兄もエマを信じて、幸せを祈って送りだしてくれた。

――でも……この結婚が期間限定だと知ったら、悲しむでしょうね。

離縁が決まったらどう伝えるべきか、考えておいた方がいいかもしれない。

――ああ、いやだわ。婚礼の日に離縁の準備を考えるなんて……。

そっと息をついたところで、いつの間にか祭壇の前に着いていたようで、父の手が離れる。

――そうよね。今じゃなくてもいいわよね。

今日は祝いの日なのだ。考えるのは、また別の日にすればいい。

気持ちを切り替えると、エマは一歩前に進んでクラウスの手を取り、傍らに並び立った。

司祭の声が朗々と響きだす中、そっとこちらを見たクラウスが、ポツリとひとりごとめいた声で囁く。

「……よく、似合っている」

露わになった鎖骨の辺りを視線で愛でるようになぞられるのを感じて、エマは、そっと頬を染めて微笑んだ。

「……ありがとうございます」

本当に、これほどきれいな花嫁に仕上げてもらえるとは思わなかった。

デコルテから肩まで大きく開放しながらも、胸の谷間は上手に包み隠した、総レースのオフショルダーのボディス。

大きくふくらんだスカート部分には、小粒のダイヤモンドが朝露のように散りばめられ、襟とそろいのレースが裾にあしらわれている。

髪を結い上げ、頭上に頂くのは輝くティアラ、手にはレースのロンググローブ。

その手に握るのは、抱えた丸い花束から花がこぼれているように見える、「小さな滝」を意味する、白百合と白薔薇のキャスケードブーケだ。

大きくデコルテをあけることで野暮《やぼ》ったくならず、エマの健やかな肌の美しさを活かしつつ、要所要所で胸元から視線をそらすようにデザインされた、実に清楚《せいそ》で愛らしい装いだった。

——本当に、リクエストどおりだわ。

ドレスの希望を聞かれたとき、エマは真っ先に「胸が目立たないデザインで」と頼んだ。

クラウスは「気にする必要はない」と言ってくれたが、妻として——期間限定とはいえ——できる限り、彼に恥をかかせたくなかったから。

とはいえ、そんなことを口にすれば、却って気を使わせてしまう。

だから、本音を隠して「一生に一度のことでしょうし、できるなら慎ましく愛らしい花嫁になりたいのです!」と言うと、彼は「その心根だけで充分、慎ましく愛らしいと思うがな」と真顔で慰めの言葉を呟いてくれた。

——本当に、おやさしくて……美しい方。

心根もその姿も。

特に今日のクラウスは、ベール越しでさえ見惚れるほどに美しい。

一カ月前よりも顔色が良く、心なしか逞しさが増した長身を包むのは、儀礼用の軍装だ。

二列の金のボタンが並んだ立襟の上着は、濡れたような漆黒の生地の襟と袖口に金の刺繍があしらわれ、房飾り付きの肩章に飾緒も厳かな金色。

右肩から左腰に斜めがけにして勲章を飾った大綬《サッシュ》は、深い赤色の地に金の縁取りがほどこされている。

そこに白いトラウザーズと黒いブーツを合わせたクラウスは、いっそ荘厳ささえ感じるほど、いつにも増して凛々しく、麗しく見えた。

この姿を間近で見られただけで、この結婚の意味はあったのではないかと思えるほどに。

——ああ、最初で最後の旦那様が、クラウス殿下で本当によかったわ……。

前へと向き直り、司祭の言葉に耳を傾けながら、しみじみと思う。

やがて、誓いの言葉を口にしたところで厳かにベールがめくられて、指輪を交わすと、そっとふれるだけの慎ましい口付けが降ってくる。

歓声と拍手の響く中、エマは明るく微笑みながら、クラウスの傍らに花嫁として立てている限られた幸福を、切なさと共に噛みしめていた。

＊＊＊

つつがなく婚儀が終わり、ホッとしたのも束《つか》の間《ま》。

クラウスと馬車に乗りこんで王宮に戻り、バルコニーから民に手を振った後、少しの休憩——というよりも化粧直し——を挟んですぐにレセプションパーティがはじまった。

立食式のパーティ会場として選ばれたのは王宮の薔薇庭園。

六月の花園は、咲き誇る薔薇の華やかな色彩と香りで賑わっていた。

ソンブレイトは国外にも人気の薔薇の品種を多く生みだしており、国の花にもなっている。

庭園での開催は、春薔薇の盛りである今の時期だけの特権なのだ。

並んだブッシュローズが爽やかな初夏の風に揺れるたびに、芳《かぐわ》しい匂いが鼻をくすぐる。

ドレスはそのままにティアラをオレンジの花の花冠に変えた姿で、クラウスと並んで立ち、来賓に笑顔を振りまきながら、エマは内心では焦りを覚えていた。

——どうしましょう……おなかが空いてきてしまったわ。

手にしたフルートグラスを口元に運んでコクリと飲むと、力強い葡萄の甘みと香りが口内に広がり、しゅわりと喉を流れ落ちていく金色の酒精が空っぽの胃に染み入る。

予定では小休憩の間に軽食を取ることになっていた。

けれど、興奮した民が馬車に近付きすぎたせいで速度が出せず、大聖堂から王宮に戻るのに予定よりも大幅に遅れてしまい、何も口にすることができなかったのだ。

――どうかおなかが鳴りませんように！

切実に祈っていると、傍らのクラウスが気遣うような視線を向けてくる。

――そうね、殿下にも伝わっているのよね。

自分だけでなく、彼にも空腹を感じさせてしまっているのだと思うと、エマは申しわけないような心地になった。

――ああ、お化粧直しをしながらでも食事をさせてもらえばよかったわ！

化粧係に行儀が悪いと思われようとも、クラウスにひもじい思いをさせるよりずっとましだ。

とはいえ、来賓の目があるところでガツガツと食事をするわけにもいかない。

周囲に視線を走らせると、ビュッフェテーブルに立ち寄っているのも、料理が盛られた皿を手にしているのも男性だけで、着飾った女性たちは飲み物しか手にしていなかった。

「……エマ」

そっとクラウスに声をかけられ、エマはビクリと肩を揺らして振り返る。

「は、はい、殿下」

傍らの夫を見上げながら、答える声が微かに上擦ってしまう。

レセプションパーティがはじまってから、クラウスはエマのことを「エマ嬢」ではなく、

「エマ」と呼ぶようになっていた。

傍から他人行儀に見えぬようにそうしたのだろう。

頭ではわかってはいても、彼との距離が一歩近付いたようで、呼ばれるたびにドキリと胸が高鳴るのをとめられなかった。

このうるさい鼓動が聞こえていませんように――と願いつつ、クラウスを見つめていると、クラウスは唇の端を軽く持ち上げ、エマのグラスを目で示した。

「……何か飲み物を取ってくるといい」

言われてグラスに視線を落としたところ、いつの間にか空になっていた。

腹の虫をどうにか鎮めようと、無意識に呷《あお》っていたようだ。

「ありがとうございます。お言葉に甘えていってまいります」

ニコリと微笑んだエマに、クラウスは「ああ」と頷いてから、思いついたように言い足す。

「だが、この酒は君には少し辛《から》いだろう。蜂蜜か果物でも足した方が良いかもしれないな」

「……はい、ありがとうございます！」

さりげなく示された気遣いにエマは笑みを深めると、少しだけ勢いよく頷いて、クラウスの傍を離れ、庭園の片隅に置かれたビュッフェテーブルへと向かった。

クラウスがあのように勧めてくれた以上、たっぷりの蜂蜜や果物を放りこんで、サングリア風にしてしまっても咎める者はいないだろう。

それで空腹も少しはまぎれるはずだ。

足取りも軽く歩いていき、ビュッフェテーブルの向こうに控える給仕に注文を伝えて、できあがりを楽しみに待っていると、芝生を踏む複数の足音が背後から近付いてきた。

来賓の誰かが、料理か飲み物を取りに来たのだろう。

そう思い、場所を譲ろうと一歩横にずれて振り返り、エマはパチリと目をみはる。

そこにいたのは着飾った三人の令嬢で、その視線は給仕でもビュッフェテーブルでもなく、エマに向けられていたのだ。

どの顔も見覚えがある。

皆、何らかの夜会かパーティでエマの体型を嘲笑《あざわら》い、「雌牛令嬢」という通り名を広げたうちの一人だ。

——確か……お二人が侯爵家、もうお一人が伯爵家のご令嬢よね。

それも爵位は同じ伯爵でも、エマの生家よりもずっと裕福で歴史もある家の令嬢のはずだ。

折れそうに華奢な身体に白色のドレスをまとった三人は、貼りつけたような笑みを浮かべているが、その瞳には、とうてい好意的とはいえない嘲りと嫉妬の色が浮かんでいた。

——これは、絶対に何か言われるわね。

そう身構えたところで、口火を切ったのは、最も家格が上の侯爵家の令嬢だった。

「……ごきげんよう、エマ様」

「……ええ、ごきげんよう」

　エマが穏やかに微笑み返すと、令嬢は黒々とした瞳をチラリとビュッフェテーブルに向けてから、昼の片端をつり上げて尋ねてきた。

「今日は何を召し上がるのですか？　牛？　それとも豚かしら？」

「え、いえ」

　頼んだのは飲み物だけだ。

　そう答えようとエマが口をひらいたところで、もう一人、茶色い瞳の侯爵令嬢が遮るように声を上げる。

「ぜひ、私たちも同じものを食べてみたいですわ。エマ様にあやかれるように。ねえ？」

「ええ、そうしたいところですけれど……」

　話をふられた灰色の目の伯爵令嬢がわざとらしく眉を下げて、苦笑を浮かべる。

「残念ながら無理ですわ。私たちは人間ですもの。雌牛のようには食べられません」

「あら、それもそうですわね。私たちのようなか弱い娘が、エマ様の真似をするなど畏れ多い。そのような真似をしたら、きっと罰が当たって吐いてしまいますわ」

　クスクスと笑い交わす三人は、遠目に見れば、少女たちが楽しげに談笑しているようにしか見えないだろう。

「ああ、エマ様が羨ましいですわ……何を食べてお育ちになったら、それほど豊かなお身体になれますの？」

「本当に、どこもかしこもたっぷりとお肉がついて、エマ様のあふれんばかりの魅力でドレスがはちきれてしまいそう……！」

「まあ、それは大変……！」

猫がじゃれつくような甘ったるい声と口調ながら、そこにひそむ棘《とげ》、いや、剥《む》きだしの爪がエマの胸に容赦なく傷をつけていく。

この一カ月の間、クラウスの配慮に守られ、このような言葉をぶつけられることはなかった。だから、エマは忘れかけていたのだ。

自分がこの国の淑女の規格から外れた「暴食の雌牛令嬢」だということを。

こみあげる悲しみと悔しさにジワリと涙が滲《にじ》みそうになるが、エマはグッと堪える。

――泣いてはダメ。ここは上手にあしらわないと。私は……王太子妃になったんだから！

毅然と背すじを伸ばし、言い返そうとしたそのときだった。

「……私の妻を侮辱するのは、そこまでにしてもらおう」

エマの背後から、静かな怒りを滲ませたクラウスの声が響いたのは――。

「殿下！」

サッと振り向いたところで、傍らに立ったクラウスがエマの腰に手を回して、引き寄せる。

その身を守ろうとするように。

「……迎えにきた。遅くなってすまない」

衣服ごしに伝わってくる彼の体温と、自分を抱く腕にこもる力に、エマは強ばっていた心と身体がまたたく間に和らいでいくのを感じた。

「いえ、そんな!」

こうして来てくれただけで充分だ。

そんな想いをこめて微笑みかけると、クラウスの口元にも淡い笑みが浮かぶ。

こんなときだというのにその微笑はあまりにも美しく、エマだけでなく、先ほどまでエマを攻撃していた令嬢たちさえも思わず息を呑むほどだった。

そのまま三人は、うっとりとクラウスに見惚れていたが、彼が冷ややかな視線を自分たちに向けたところで、ハッと我に返ったように背すじを伸ばした。

「あ、あの、侮辱なんてとんでもない、そのようなことはしておりません」

そう言ったのは、最初にエマに話しかけてきた侯爵令嬢だった。

「そうです、誤解なさらないでください。私たちはエマ様の魅力を讃《たた》えていただけですわ」

もう一人の侯爵令嬢がいかにも哀れっぽく訴えると、伯爵令嬢も大きく頷いて同意を示す。

けれど、クラウスの視線が和らぐことはなかった。

「讃えていた? 私には悪意のこもった言葉にしか聞こえなかったが」

「まさか……私たちはエマ様を心から尊敬しております!」

「君たちは尊敬する相手を悪意をもって辱《はずかし》めるのか？　もしそれが君たちなりの敬意の示し方だというのならば、私は君たちを心から軽蔑する」

青の瞳に嫌悪を滲ませながら毅然とした口調で告げられ、令嬢たちは「そんな……」と悲痛な声を上げ、くしゃりと顔を歪《ゆが》めた。

「わ、私たちは……ただ、エマ様がっ、う、羨ましくて……っ」

「だって、みんなっ、みんな、殿下の隣に立てたらと、ずっと憧れてきたのに……」

「だから、少しくらい、何か言ってさしあげたかっただけで……」

グズグズと訴える三人の瞳にジワリと涙が浮かぶのを目にして、エマは眉を下げる。

――そうよね……どうしてあなたなのって思うわよね。

憧れの人を自分より下だと思っていた女に奪われたのだ。

少しくらい物申したくなるのも無理はない。

逆の立場なら、エマだって「どうして、私じゃダメだったの？」と悲しく、悔しく思うかもしれない。

「……あの、殿下」

エマはクラウスの腕に手をかけ、彼がこちらを向いたところで、ニコリと微笑みかけた。

「お気遣いありがとうございます。ですが、私がこの国の淑女の理想から外れているのは本当のことですから」

「だが――」

「厳しいお言葉も、叱咤激励《しったげきれい》として受けとめたく思います」

「叱咤激励?」

不満げに眉を寄せるクラウスに、エマは「はい」と笑顔で頷く。

実際、広い意味では、そう取れなくもないだろう。

「理想的な淑女の皆様から、今日という祝いの日に贈る言葉だと……ですので、殿下、どうぞもうそれ以上は……」

そう言って、エマがそっと視線を後ろに投げると、クラウスはハッとしたように目をまたたかせてから、さりげなく背後を振り返った。

そして、来賓たちが遠巻きにこちらを窺っていることに気付いて、バツが悪そうに頷く。

「……わかった。却って恥をかかせてすまない」

「そんな! こちらこそ、社交下手で申しわけありません!」

エマが笑顔で謝り返すとクラウスはフッと頬をゆるめ、けれど、すぐに表情を引き締めて、令嬢たちに視線を戻した。

「これだけは言っておく。エマは私が選び、望んだ妻だ。彼女を侮辱することは許さない」

「……はい、申しわけありません」

「それから……」

クラウスはチラリとエマに視線を送ってから、前へと向きなおり、悄然《しょうぜん》とうなだれる三人に告げた。

「彼女は美しい。容貌だけではなく、肌も髪も爪も、彼女を形づくるすべてが健やかで輝いている。その魂さえも。たとえこの国の理想から外れていたとしても、私にとって、エマはこの世で最も美しい女性だ」

まるで「心からそう思っている」と言わんばかりの、真摯な口調と表情で。

その言葉に令嬢たちだけでなく、エマまでも言葉を失う。

――そ、そこまで言ってくださらなくても……！

フォローをしてくれるのは嬉しいが、いくらなんでも過大評価、誇大表現が過ぎる。

さすがに「夫の義務」の範疇《はんちゅう》を逸脱してしまっているのではないだろうか。

喜びを上回る気恥ずかしさに、思わずエマが両手で頬を押さえたところで、「これはこれは、お熱いことですな」とのんびりとした声が背後から響いた。

慌てて振り向くと、いつの間にか近付いてきていた亜麻色の髪の紳士が立っていた。

「……実に麗しい、ご夫婦の絆《きずな》を見せていただきました」

立派な口ひげを蓄えた五十がらみのその紳士は、先ほどクラウスと挨拶をした、王妃の母国の大使だ。

――たしか、王妃様の従弟にあたる方なのよね……。

亜麻色の髪にオリーブグリーンの瞳は、彼の国の王家の血すじに多いと聞いている。

「私もクラウス殿下の判定を支持いたしますよ。この国ではどうか存じませんが、エマ妃殿下が我が国にいらっしゃったなら、きっと『美の女神のようだ』と讃えられることでしょう」

穏やかに微笑む大使のエマを見るまなざしは暖かい。

けれど、その直後、クラウスに向けた視線はドキリとするほど厳しいものだった。

王と似た色彩を持つ彼に、あまり良い感情を持っていないのかもしれない。

またたき一回分の間クラウスを睨《にら》みすえた後、大使はエマに視線を戻すと、にこやかな笑みを浮かべて、ひそめた声でエマに告げた。

『……美しい人、私どもはあなたの味方です。あなたの外面のいい夫が、もしも陰であなたを傷つけることがあれば、我が国においでください。我が国の姫君と同じ犠牲者として、心から同情し、お守りいたします』

その台詞のために大使が用いたのは、この国の言葉でも、彼の国の言葉でもない。

数世紀前の詩歌や文学作品で用いられていた、古い言語だった。

今では、学者か一部の好事家の間でしか使われていないだろう。

もう少し早口で言われたなら、エマも聞き取れなかったに違いない。

近くにいる給仕や令嬢たちも理解できなかったようで、曖昧な笑みを浮かべている。

遠巻きにしている来賓の中には解する者もいたかもしれないが、彼らの耳には届かなかったらしく、皆、「何か祝辞でも述べたのだろう」と和やかに見守っているようだった。

——いったいどうして、そんな言葉で……？

疑問に思い首を傾げたところで、エマの腰に回ったクラウスの腕に微かに力がこもったことで、エマは大使の意図を理解した。

エマではなく、クラウスに聞かせるための言葉だったのだろうと。

そっと視線を動かし、強張った表情で唇を引き結ぶクラウスを目にして、エマは静かに大使に向き直るとニコリと笑いかけた。

『……ありがとうございます。ですが、私の夫のクラウスは裏表などない、この国で最も誠実でやさしい方です。どこかの心ない夫のように、妻を傷つけたりなどしないでしょう。もしも私が誰かに傷付けられるようなことがあれば、いつだって今日のように、夫として私を守ってくださると信じております』

彼の用いた言語でもって言い返すと、大使は一瞬目をみはり、それからバツが悪そうな表情になって目をそらした。

エマが自分の言葉を解するとは思っていなかったのだろう。

「……本当に、良い方をお選びになりましたね」

気まずい沈黙の後、大使はこの国の言葉でクラウスに告げた。

「……はい。聡明《そうめい》で謙虚で心根もやさしい、私にはもったいないほどの女性です」

口元に微笑を浮かべ、穏やかに、けれどハッキリとクラウスが答える。

その言葉は社交辞令とは思えぬほど、真摯な色を帯びて庭園に響いて、来賓の間から自然と拍手と楽しげな歓声が起こった。

それはなかなか静まらず、気付けば手を叩く人の中に先ほどの令嬢たちまで加わっていて、エマは誇らしいような面映いような心地になりながら、クラウスに寄りそっていた。

＊＊＊

その夜。

「……エマ嬢、今日はありがとう」

ひと月ぶりに内扉をひらいて現れた寝衣姿のクラウスは、エマの待つ寝台まで来ると、隣りあって腰を下ろし、開口一番にそう口にした。

「え、はい……？」

エマは彼に礼を言われる心当たりは特になかったので、首を傾げつつ曖昧な相槌を返すと、クラウスはフッと目を細めて、「大使のことだ」と言い足した。

「ああ！　……いえ、私は本当のことを言っただけですので！」

礼などいらないと伝えると、クラウスは「そうか」と嬉しそうに頷いて、それから少し遠くへと視線を投げた。

「……彼が、私の母の従弟《いとこ》なのは知っているか？」

「はい」

「そうか。実は、それだけではない。あの人は、かつて母の婚約者でもあった。それも、想い想われる間柄だったと聞いている」

「……そうだったのですか」

「ああ、そうだ」

小さく頷くと、クラウスは溜め息をひとつこぼして言葉を続けた。

「だが、母は国交のために大使への想いを断ち切り、父の元へ嫁いできた。この国のために身を捧げる覚悟を決めてやってきたのだ。それなのに、父はその献身を踏みにじった」

淡々と語るクラウスの瞳に深い嫌悪と怒りが滲む。

「父は愛を諦めた母をないがしろにしながら、自分は愛に生きようとした。大使が恨みに思うのも無理はない」

「ですが……王妃様を苦しめたのは殿下ではありません。陛下への恨みを殿下に向けるなど、間違っています！」

キッとまなじりをつりあげるエマに、クラウスは睫毛を伏せて「いや、仕方がないのだ」と溜め息をこぼした。

「私は父の若い頃に、生き写しだそうだからな……顔を見ると、どうしても父への怒りを思いだしてしまうのだろう」

「そんな――」

「とにかく、君のおかげで彼の私への評価も少しは改善しただろう。ありがとう、エマ嬢」

この話はこれで終わりだ――というように世にも美しい微笑ではぐらかされて、エマは少しのもどかしさを覚える。

けれど、これ以上踏みこまれたくないという、彼の思いを無視することもできない。

だから、エマはニコリと笑みを浮かべると、彼の望み通りに話題を切りかえることにした。

「いえ、どういたしまして！　むしろ、お礼を言うのは私の方ですわ！」

「……なぜだ？」

先ほどの自分と同じように首を傾げるクラウスに、エマは思わず、ふふ、と頬をゆるめる。

「だって、皆の前で私を庇《かば》ってくださったではありませんか！　その……健やかで美しいと。過分なお褒めの言葉をちょうだいして、お世辞だとわかっていても嬉しかったですわ！」

「嘘ではない」

笑いまじりに口にしたエマの言葉を、クラウスは否定した。

「君は美しい。私は、そう思っている」

静かに告げるその声も表情も真剣そのものだった。

自分を見つめる深い青の瞳に真摯な想いがこめられているように感じてしまい、トクリとエマの鼓動が跳ねる。

「エマ嬢。このひと月、君と過ごしてきて、私は……」

「わ、私は……?」

いったい何を言うつもり——いや、言ってくれるのかとエマは高鳴る胸を押さえて待つ。

けれど、クラウスは不意に眉間に皺を寄せ、グッと何かを呑みこむように口を引き結ぶと、一転して穏やかな微笑を浮かべてエマに告げた。

「君のやさしさに、心から感謝している。これからも、君に負担をかけることになるだろうが、その献身に報いられるよう、契約に則《のっと》り、夫の務めを果たしていきたいと思う。だからどうか、今後ともよろしく頼む」

深々と頭を下げられて、エマは思った。

——ああ、殿下は敏《さと》い方だから……もしかすると、私の気持ちを察して、口先だけでも愛を囁いてくれようとしたのかもしれない。

けれど、結局はエマに誠実であることを選んで、心に一線を引き直し、言葉を呑みこんだのだろう。

相変わらず、どこまでも生真面目で、そして——少しだけ、残酷な方だ。

「……ありがとうございます。私こそ、今後ともどうぞよろしくお願いいたします！」

エマは溜め息を呑みこんで笑みを浮かべると、深々と頭を垂れて返した。

「ああ、もちろんだ。それで、よろしくついでというわけではないが……」

「はい、何でしょうか」

「エマ嬢、私たちは夫婦になったのだから……これからはクラウスと呼んでくれるか」

「え？」

「昼間、大使と話すときに『殿下』ではなく、私の名を呼んでくれただろう。これからはそう呼んでくれると……いっそう夫婦らしくなるかと思うのだ」

生真面目な表情でそのような提案をされて、エマは何とも言えない複雑な心境になる。

たった今、一線を引かれたばかりだというのに。

――夫婦らしく……ね。

理屈はわかる。彼が人前でエマを呼び捨てにしたように、エマの方もそれらしくしてほしいということなのだろう。

そうしたくないかと聞かれれば答えは否だ。

見せかけだけだとしても、彼と仲睦《むつ》まじい夫婦だと思われるのは嬉しいに決まっている。

誰かの頭の中で、幸せな夫婦として記憶に残るのは。

だから、エマはモヤモヤとする心を追い払い、ニコリと笑って答えた。

「はい、クラウス様」

リクエスト通りにしたはずなのに、クラウスは、ふむ、と何事か考えこみ、「いや、それではいけない」とかぶりを振った。

「様はつけないでくれ。他の夫婦はどうであれ、契約上、君と私は対等な間柄だ。君が私の名を呼ぶのに敬称などいらない」

彼らしい物言いに、エマは少しの呆れと愛《いと》しさを覚えつつ、「わかりました」と頷いて、それから少しだけ欲を出してみた。

「では、私のことも平等に『エマ』と呼んでくださいますか？ その、昼間にしていただいたように……」

「……わかった」

厳かに頷くと、クラウスはまっすぐにエマを見つめて、その名を口にした。

「……エマ」

「……はい、クラウス」

真面目ぶった口調で互いに呼びあって、しん、と沈黙が広がる。

「……エマ」

真剣な顔つきはそのままに、先ほどよりも少しだけやわらかな声音で呼ばれて。

「……ク、クラウス」

先に表情を崩してしまったのは、エマの方だった。

どうしてだろう、昼間のレセプションでもその後の晩餐でもたくさん呼ばれたはずなのに。ここで、二人きりの空間で呼ばれるのは格別気恥ずかしく、嬉しく感じるのは……。

誰も見ていないから、演じる必要のない場所だから、呼びたくて呼んでいるのではないかと、錯覚を覚えてしまうのかもしれない。

――ああ、私、かなり、殿下の……クラウスのことを好きになっているのだわ。

好きにならないように気をつけないと、と思っていたはずなのに。

ダメだった。もう、好きだ。好きになってしまった。

名前を呼ばれるだけで耳がむず痒くなり、鼓動が華やぐほどに。

――でも、仕方がないじゃない！　これだけ大切にしていただいて、好きにならないはずがないもの！

きっと今日のできごとが決定打だった。

クラウスが規格外のエマを「この世で最も美しい」と言いきり、抱き寄せてくれたあの瞬間、彼への想いが胸に深く深く、消えようがないほどに刻まれてしまったのだろう。

あのときは恥じらいが勝って、そのことに気付けなかったが……。

「……クラウス」

そっと呼びかけた途端、クラウスが僅かに目をみはる。

エマの声に滲む、隠しきれない恋情を感じとってしまったのだろう。

彼は少しだけ困ったように眉を寄せて、それから、フッと何かに許しを与えるように表情をゆるめ、淡く微笑んだ。

「……エマ」

囁く彼の声は、先ほどよりもいっそうやわらかく、仄かな甘さを含んでいた。

エマはチリリと耳たぶが熱を帯び、トクリと鼓動が跳ねるのを感じた。

彼も想いに応えてくれた――と勘違いしたりはしない。

――だって、やさしい人だから……。

きっとエマの望みを察して、「それらしくふるまおう」とでも思ってくれたのだろう。

この先も「妻が心地好く過ごせるよう」に「夫の義務」の一環として。

自分から禁止事項を破りはしないが、エマの方から求めるのならば、少しくらいおめこぼししてあげようと。

――嬉しいけれど……切ないわね。

それでも、たとえ施しに過ぎないとしても、与えてくれるというのならば彼が欲しい。

見せかけだけでも、愛してほしい。

エマはクラウスのやさしさに甘えることにして、そっと手を伸ばした。

「……クラウス」

自分のものよりもずっと高い位置にある膝に行儀よく置かれた、骨ばった手に手を重ねて、こちらを見下ろす夫を見つめる。

仄かな期待と誘いをこめて。

途端、ポッと篝火《かがりび》が灯るように、深い青の瞳に熱が灯る。

「……エマ」

低く呼びかける声にも抑えた熱情が滲んでいるように聞こえて、エマはジワリと胸が疼くのを感じた。

——これがすべて演技だなんて……思いたくない。

どうか、彼の向けてくれる熱が、ほんの少しだけでも本物でありますように。

そう願ったところでクラウスに手を取られ、抱きすくめられる。

次いで、クルリと視界が縦に回り、気付けばエマは寝台の上へと押し倒されていた。

「クラウ——んんっ」

与えられた口付けは最初の夜と同じように丁寧で、けれど、あのときよりもずっと情熱的なものだった。

熱い舌先で唇のあわいをなぞられ、ゾクリと走った淡い快感に、思わずエマが吐息をもらすと、その吐息を舐めとるように彼の舌が口内へと潜りこんでくる。

「っ、……ぁ、ん……ふ」

無防備な舌を舌で搦《から》め取られ、ビクリと固まれば、あやすようにすりすりと舌をこすりつけられて、じんわりとした心地好さが、ふれあう箇所から広がっていく。

されるがままだったエマも、気付けばクラウスの首にすがりつくようにして、口付けに夢中になっていた。

「っ、ん、ぁ、ふぁ、……っ」

懸命に彼の動きに応えていると、不意にシュミーズの裾に彼の手がかかった。

布の下に潜りこんだ骨ばった手が、エマと彼を隔てる布をめくりあげる。

肌が露わになるにつれ、太ももから滑らかな下腹部、ふるりと揺れたふくらみを、やわらかなリネンがなぞり、時折、硬い指先がかすめていく。

「……ん、ぁ」

くすぐったさに似ているようで違う、肌の下が甘く疼く感覚にエマは小さく身を震わせる。

彼にそんなつもりはないとわかっていても、ふれそうでふれないそのやり方に、もどかしさを覚える。

早く互いのすべてを取り去って、ふれて、抱き締めてほしい。

そんなエマの願いに応えるように、クラウスは口付けを続けながら、息継ぎの合間を縫ってエマを脱がせた後、自らの寝衣も無造作に脱ぎ去った。

剥きだしの肌と肌がふれ、やさしく抱き締められれば、しっとりと互いの体温がとけあっていくような錯覚を抱く。

肌が馴染むという言葉を聞いたことがあるが、このような感覚を言うのだろうか。

——ああ……温かくて、気持ちいい。

包みこまれるような温もりに、穏やかな幸福感を覚えたのは束の間。

彼の手がエマの胸にふれ、薄々と反応していた薔薇色の頂きを、やさしく摘《つ》まみ上げるまでのことだった。

キュンと胸の先から走った甘い痺れに、一瞬忘れかけていた疼きを呼び戻される。

「んっ、……ぁ、くっ、んんっ」

指の腹で挟んで、少しだけツンと引っぱって、きゅうう、とやさしく押し潰してゆるめる。

それを何度か繰り返されると、またたく間にそこは硬く芯を持ち、ピンと立ち上がった。

彼の指に力がこもるたびに、ジワリ、ジワリと搾りだされるように胸の先から快感が滲み、広がっていく。

舌で舐られたときとはまた違う、ずくりと胸の奥や下腹部にまで響く心地好さに、エマは、は、と熱い吐息をこぼす。

——ああ、どうして……昨日も「夜食」でされたのに……。

昨日よりも、ずっと気持ちいいのはなぜだろう。

この数分でクラウスの手がエマの扱い方を覚えたのか、それとも、彼が与えてくれる快感の味をエマが覚えたのか。

——ううん、違うわ。きっと「夜食」じゃなくて、夫婦の営みだから……。

エマは、この半月の間に三度、クラウスに「夜食」を提供した。

最初が半月前、胸を使っての給餌を初めて試みたあの日。

二度目の注文を受けたのは、それから十日が過ぎてのことだった。

「……すまないが、今夜、夜食をお願いできないだろうか」

直々に三時のおやつを届けに来たクラウスから疲れの滲む顔で頼まれ、エマは「もちろん、かまいませんわ！」と二つ返事で頷いた。

彼はホッと表情をゆるめて「ありがとう」と微笑んでから、ふとバツが悪そうに目をそらし、言い訳めいたことを口にした。

「……何度か一人で試してみたが、上手くいかなかったのだ」

「上手くいかなかった？」

「ああ。……ただ昂ぶってさえいればごまかせる、というわけではないらしい」

溜め息まじりに告げられたエマは、その「一人で」の「お試し」の光景をついつい想像してしまい、気の毒やら恥ずかしいやらで、返す言葉に困ったものだ。

三度目は昨夜。

しばらくぶりに晩餐の席で顔を合わせたクラウスの目の下に、色濃い隈《くま》があるのを目にして、エマの方から「よろしければ……」と提案した。

「今夜くらいは甘いものを食べて、明日に備えて早めに休みましょう」と。

彼は少しの間ためらった後、「わかった、頼む」と頷いた。

そして、その夜、エマは夜食の皿役を務め、丹念に堪能されることになったのだった。

——今日は……胸だけではないのよね。

昨夜もクラウスに散々胸を可愛がられ、互いに息を乱しながらも、その先には進んでもらえなかった。

けれど、今日は違う。

夜食の皿ではなく、妻として抱いてもらえるのだ。

そう思った瞬間、彼の手のひらの下でゆるくひしゃげた乳房の先がチリリと疼き、下腹部に期待めいた熱が灯る。

「ん、クラウス……っ」

もぞりとエマが膝を擦り合わせると、心得たようにクラウスの手が動いた。

エマの胸をひと揉みした後、するりと腹を撫《な》で下ろし、脚の付け根へと潜りこむ。

長い指が割れ目をかきわけた瞬間、響いた水音に、エマは耳たぶが熱くなる。

その音はクラウスにも聞こえたのだろう。

目の前にある彼の喉がコクリと上下したかと思うと、クラウスは、ふ、と小さく息をつき、無言でエマを暴きはじめた。

潤んだ蜜口に彼の指が浅く潜り、すぐさま引き抜かれて、すくいあげた蜜を花芯に塗りつけられる。

「――っ、ぁ、あっ、んんっ」

ぷくりと包皮から顔を出した薔薇色の粒を、ぐちぐちと指の腹で潰され、捏《こ》ねられて。

身悶えしたくなるような鋭い快感に次々と襲われ、エマは切れ切れに喘ぎをこぼす。

彼の指が動くたびに、つま先がピンと伸びてはキュッと丸まり、ビクビクと跳ねた。

「っ、ぁ、ダメ、……やっ、ぁあっ」

どうにか刺激を逃そうと身悶えると、やんわりと抱きすくめられ、抵抗を封じられる。

初めての夜、舌でやさしく導かれたときよりも格段に早く、激しく、絶頂へと押し上げられていく。

やがて、下腹部に溜まった熱がキュッと内側に向かって縮こまり、ぶわりと爆ぜた。

「っ、――ぁ、ぁああっ」

一瞬息が詰まり、喉の奥から押しだされるように甘い悲鳴が迸《ほとばし》る。

はあ、と息をついて乱れた呼吸を整える間もなく、クラウスの指が蜜口から潜りこんできて、エマは再び息を乱すこととなった。

「あ、ふ、……ぅうっ」

ぬちりぬぷりと音を立てて、骨ばった長い指が根元まで埋まる。

反射的にそれを締めつけながらも、最初のときのような違和感と圧迫感はない。

エマが感じるのは、じんわりとした快感と淡い期待――というより焦れたような疼きだけだ。

「……エマ、痛みはないか」

耳をくすぐるクラウスの声はやさしげだったが、その息遣いは普段より少しだけ荒く、隠しきれない興奮が滲んでいる。

そのことに気付いて、エマは鼓動の高鳴りと共に、身内に渦巻く疼きが強まるのを感じた。

「っ、大丈夫、そのまま、してください……っ」

きゅうと彼の指を締めつけながら、微かに上擦る声で返せば、クラウスは「ああ」と吐息とも頷きともとれない言葉をこぼし、エマの奥深く埋めた指を動かしはじめた。

「ぁ……ぁあ、んんっ、あっ、く、ふぅっ」

彼がエマのそこにふれるのは一カ月ぶりだというのに、その動きに迷いはない。

あのとき見つけ出された弱点を硬い指の腹でこねられ、抜き差しのたびにこすられて。

秘めた快楽を掘り起こされ――いや、思いださせられ、エマはまたたく間に二度目の果てへと追いやられていく。

やがて快感が爆ぜ、エマは、ひ、と息を呑んで身を震わせ、クラウスの指を食い締めながら達する。

吹き抜ける絶頂の波が静まり、ほう、と息をついて強ばる身体がゆるんだ瞬間。

二本目の指が蜜口に押しこまれ、ビクンと腰が跳ね上がった。

「——っ、ぁ、い、今っ」

今はまだダメ——と訴えようと口をひらいたところで、覆いかぶさってきたクラウスに唇を塞がれる。

「んっ、ん、ふ、〜っ」

舌を搦めとられ、トロトロと蜜をこぼす入り口を激しく指で掻き回され、エマは二つの刺激とふれあう身体から伝わる彼の興奮に煽られ、乱されていく。

一瞬も鎮まることなく高まりつづける快感に翻弄されながら、エマは思う。

——ああ、最初のときと全然違う……！

エマの身体も、それを抱くクラウスの反応も。

今日のクラウスは前よりもほんの少し、いや、それよりもうちょっとだけ余裕がないように感じる。

そのことが、嬉しかった。

エマだけでなく、彼もエマを欲しがってくれているようで。

だから、急いた手付きで責め立てられ、過ぎた刺激に涙を滲ませつつも、エマは彼の与える快楽を余すことなく受けとめたいとも思った。

「っ、ふぁ、ん、ふっ、ぁあっ」

いっそう口付けが深まり、エマを乱す指もより深くに潜りこみ、奥底の官能を引きずり出していく。

ゾクゾクと背すじを這《は》い上がる快感に、歯を食いしばって耐えたくても、絡む彼の舌がそれを許してくれない。

耳に届く水音が粘りけと音量を増していくのも、恥ずかしくてたまらない。

エマの――自分の指では絶対に届かない場所を、自分のものよりも固く太い指に、自分さえ知らない自分の好きなやり方で暴かれ、愛でられて。

腹の底からせり上がってくる深い絶頂の予感に、ビクビクと身体が震えはじめる。

「っ、ん、んんっ、――っ」

やがて、こみあげる喜びと悦びに身も心も染め上げられ、エマは重ねた唇の間で甘鳴を響かせながら、三度目の果てに飛ばされた。

キュッと閉じた目蓋の裏で白い光がまたたき、クラリと眩暈を覚える。

もしかすると酸欠を起こしかけていたのかもしれない。

「ふぅ、はぁ、――っ、ぁ」

くたりとエマの身体から力が抜けたところで指が引き抜かれ、口付けがほどけ、膝裏をすくわれ持ち上げられる。

大きくひらかれた脚の間に、引き締まった彼の腰が割りこんできて、ぬちゃりと押し付けられる熱を感じた瞬間。

——あ、来る。

エマが期待と歓喜に身を震わせると同時に、猛《たけ》る雄が捻《ね》じこまれた。

「ぁ、——ぁあぁっ」

硬くふくれてそりかえった熱の塊が、やわい肉をゴリゴリと掻《か》き分けながら、最奥を目指し潜りこんでくる。

やがて、どちゅん、と奥を叩かれて、鈍い衝撃と共に甘さを含んだ重たい痺れが、じいん、と胎に響いた。

「……っ、エマ、痛みは……？」

「ぁ、ないっ、ないです……！」

嘘ではない。圧迫感はやはりあるが、初めてのときのような痛みはまるでなかった。

痛みに代わって強く感じるのは、あのとき覚えた予感めいた疼き。

奥をやさしく揺さぶられて感じた、胎の奥から、ジワジワと広がる不思議な心地好さ。

この感覚を育ててやれば、もっと深く大きな悦びを得られるのではないか——と思ったあの予感だ。

「大丈夫なので、動いてください……っ」

あの予感を現実にしてほしい。

少しばかりはしたない願望をこめて、エマが精一杯甘く誘いをかければ、クラウスは興奮を抑えるように深く息をついてから、「わかった」と答え、エマの腰をそっと両手でつかんだ。

最初はエマを気遣うような、やさしい抜き差しからはじまった。

ゆっくりと引き抜いて、抜け落ちる寸前でいったんとめて、またゆっくりと埋めていく。

クラウスは少しでもエマが呻《うめ》いたり、眉をひそめたりするたびに動きをとめて、その都度、「大丈夫か？」と確認してくれた。

エマも初めはそれをありがたく、嬉しくも思ったが、二人の身体が馴染むにつれて、次第にもどかしさを覚えはじめてしまって——。

「……本当に、大丈夫ですから……っ」

十何回目かの問いかけにそう答えながら、エマは思いきって彼の腰に脚を絡めて促した。

「もう、遠慮しないで……いらしてください」

もう、我慢できないから、早く貪《むさぼ》ってほしい。

そんな気持ちをこめて囁くと同時に、ピタリとクラウスの動きがとまり、次の瞬間、エマの腰をつかむ手に力がこもる。

「……っ」

骨ばった指先がミシリと腰骨に食いこむような錯覚を覚え、恐怖にも似た期待がエマの背すじに走った。

けれど、クラウスはすぐさま我に返ったように力をゆるめると「わかった。ありがとう」と落ち着いた声で答えた。

「では、少しずつ強めていくが……少しでも辛くなったら、すぐに言ってくれ」

きっと一言でも弱音を吐けば、即座にやめてくれるだろう。

そのやさしさが嬉しい反面、エマはもはや引けないほどにクラウスを欲しているのに、彼の方はいつでもやめられるほど余裕があるのかと切なくも思えて。

——絶対に言いません。

心の中で返しながら、エマはコクンと頷いて、誘うように微笑む。

「……本当に、少しずつにするから」

誰にともなく言い聞かせるように呟くと、クラウスはエマの腰をゆっくりと、そして、しっかりとつかみなおし、ゆるく腰を打ちつけはじめた。

「っ、ん、ぁ、……っ、はぁっ」

とちゅとちゅと最奥に響く振動が強まるにつれて、その動きに合わせて押し出されるように、エマの唇から吐息がこぼれる。

宣告通りに、エマを揺らす律動は少しずつ激しさを増していった。

それに伴い、与えられる刺激もふくれあがっていったが、ゆるやかに高められたおかげで、エマは取り残されることなく、きちんとそれを快感として捉えることができた。

ひるがえせば、違和感や息苦しさとしてごまかすこともできず、快感として受けとめるほかなかったとも言える。

じっくりと腹の底からほぐされ、絆《ほだ》されるように、快楽に溺れていくだけだった、とも。

やがて、激しく腰を叩きつけられるようになったが、その頃にはもうすっかりとエマの身体は陥落し、穿《うが》たれるたびに胎に響く甘い痺れに酔い痴れるほどに蕩けていた。

「あっ、ふぁ、っ、は、んんっ、ぁあっ」

クラウスの動きに合わせて、あられもない嬌声《きょうせい》が反射のようにこぼれる。なけなしの理性がそれを恥じ、何度か口を閉じて堪えようとするものの、すぐに快楽に負けてひらいてしまう。

——ああ、こんな……はしたないと呆れられていないかしら。

チラリと不安がエマの胸をよぎり、激しく揺れる視界の中でクラウスを見上げれば、そっと頬を撫でられ、両手で挟みこまれる。

途端、揺れが収まって視線が定まり、見下ろすクラウスと目が合った。

燭台の灯りが映りこみ、深い青の瞳にチラチラと炎が揺らめく。

「エマ……」

甘く掠れた声で名を呼ばれて、キュンと胸が高鳴り、エマは彼の視線から逃れるように目をつむる。

──ああ、ダメだわ。こんなの……もっと好きになるに決まっているじゃない。

こんな風に愛でられてしまったら、想いを募らせるなと言う方が無理な話だ。

遠くから憧れているときは違った。

淡い想いは淡いまま、枯れることも育つこともなかった。

けれど、こうして近付いて彼を知れば知るほど、好きにならずにいられない。

──不毛よね。

期間限定で、叶うことはないとわかっている恋なんて。

──でも……それでも、一生に一度くらいなら……。

そんな不毛な恋をしてみるのも、悪くないかもしれない。

──きちんと別れるって、自分で決めたのだもの。それまで少しだけ……。

クラウスの呪いが解けて、彼が本当の意味で愛せる人、王太子妃に相応しい女性にこの座を譲り渡す日までは。

心の中で想いを育ててみても、彼のやさしさに甘えてもみても、少しくらいなら許されるのではないだろうか。

その代わり、彼のためにできることならば何でもする。

必要とされる間は精一杯役に立てるように頑張る。

そのときが来れば、速やかに彼の前から消えるから。

想いを口に出したりもしないから。

――だから、今だけは許してほしい。あなたを求め、愛することを。

心の中で身勝手に願いつつ、唇からは甘い吐息をこぼしながら、エマはクラウスの背に手を回し、温もりを求めるように強くすがりついた。

第四章　私の手でお救いできたら

エマがクラウスの妻となって、またたく間に三月《みつき》が過ぎた。

季節は初夏から移ろい、夏を越えて秋へと入り、樹々《きぎ》の色や風の匂いも変わりはじめた。

クラウスはすっかり健康を取り戻し、日々、精力的に政務をこなしている。

エマの方はというと、王太子妃教育をこなしつつ、「愛される妻」の役を堪能していた。

クラウスは人の目があるときもないときも、一定の節度を保ちつつ、エマを、愛する妻として扱ってくれた。

契約を遵守して夫婦の営みこそ月に一度のままだったが、毎夜のように内扉から現れては、その日の出来事をとりとめなく語りあい、時々は「夜食」の時間を分かちあった。

本当に、毎日が喜びと幸せに満ちていた。

クラウスの演技は日に日に磨きがかかっているようで、時々、エマは「本当に愛されているのではないか」と錯覚を覚えるほどだった。

——いっそ、この嘘が本当になればいいのに。

そのような贅沢な願いを抱きはじめた頃。

エマの期待を打ち砕くように、クラウスに呪いをかけた魔紋師――アルロ・ミラーが見つかったという報告が届いた。

＊　＊　＊

エマがクラウスからそのことを知らされたのは、午後のお茶の時間だった。

窓辺の椅子でくつろいでいたところ、焼き菓子とティーセットの載った盆を手にした彼が、どこか興奮した様子で入ってきて、エマの前のテーブルに盆を置いてボソリと告げたのだ。

「……ついに見つかった」

「見つかった？」

オウム返しに呟いて――エマはパッと目をみひらいて立ち上がる。

「もしや、例の魔紋師がですか⁉」

「ああ」

ティーポットとカップをエマの前に並べながら、クラウスが頷く。

「正確には目撃されたというべきだが、この十カ月で初めての有力な情報だ」

いつもより心なしか早い口調で告げられ、エマは彼の興奮がうつったように鼓動が速まるのを感じた。

ついに彼の苦しみが終わるのだという歓喜と期待。

そして、その先に起こることへの不安が同時に湧き上がり、エマは騒ぐ胸を押さえて、クラウスに尋ねる。

「いったいどこで？」

「モーガン侯爵領だ」

聞き覚えのある爵位名にエマはパチリと目をみはる。

「モーガン侯爵領と言いますと、カイルの……？」

「ああ、彼の故郷だ」

モーガン侯爵領は、カラフルな石造りの建物が海沿いに並ぶ港町だ。

王都から馬車を用いて日帰りで行って帰ってこられる距離のため、夏場には王都から多くの観光客が訪れる。

――あんな賑やかな場所に潜んでいたなんて……。

とはいえ、木を隠すなら森の中という。人が多い街だからこそ、却って見つからずに紛れていられたのかもしれない。

――それがどうして突然見つかったのかしら？

エマが首を傾げると、クラウスはその疑問を察したのだろう。

フッと、どこか誇らしげに口元をほころばせた。

「目撃情報を持ってきたのは、カイルなのだ」

「まあ、あの方が?」

「ああ。……彼の事情は知っているか?」

「……はい。以前に教えていただきました。あなたの慈悲で命を救われたと……」

エマの答えに、クラウスは「そうか」と頷き、微かに眉をひそめた。

「確かに命は救われたが、代わりに彼は多くを失った。家督も家族も……初めての恋もな」

「……カイル様は、本気でそのお相手を想ってらしたのですか?」

「おそらくな。彼女の方は彼の侍従という立場を利用したかっただけだったようだが……」

溜め息まじりに呟かれた言葉に、「自分のように騙されてほしくない」と憂いていたカイルの顔が頭をよぎり、エマは眉を下げる。

「ご両親に『私たちの息子は今日死んだ』と突き放されたというのも、本当なのですか?」

「ああ。完全な絶縁状態だ。せめて手紙のやりとりだけでもしてはどうかと、モーガン夫妻に言ってみたのだが、『これ以上甘やかすわけにはいかない』と頑《かたく》なに拒まれてしまった」

「それは……」

気の毒だが、そう口にしてしまっていいのだろうかとエマはためらう。

騙されたとはいえ、カイルがクラウスの暗殺を手助けしたのは事実なのだ。

その葛藤を察したのだろう。

クラウスは苦笑を浮かべて、「気の毒なことだと思う」とエマの代わりに口にしてから、話を続けた。

「縁を切られたとはいえ、やはり故郷は恋しいのだろう。毎月一度か二度は故郷に帰っていた。家に入れずとも、生まれ育った町を歩くだけでも思い出を偲《しの》べるからと……。そのたびに故郷の名物だという菓子を土産に持ってきてくれてな……貝殻型の小さなマドレーヌに大粒のアラザンが一粒載せられた、実に愛らしいものだった」

懐かしむように目を細めるクラウスに、エマは胸が締めつけられる。

「……さようでございますか。では、また食べられる日が楽しみですね」

「ああ、そうだな」

ゆったりと頷くとクラウスは言葉を続けた。

「それで昨日も彼は故郷に帰っていたわけだが、今回は日帰りではなく、宿に泊まって朝早く発《た》つことにしたらしい。そして今朝方、町を出る前に海をながめに行ったところ、浜辺を歩いているアルロ・ミラーを見かけたのだそうだ」

「浜辺を？」

「ああ。髭《ひげ》や髪も伸びておらず、荷物も持っていない様子だったから、きっとこの辺りに潜伏しているのだろうと思ったらしい。そして、私に知らせに来てくれたのだ。この町でよそ者が潜めるとしたらここかここだろうと、いくつかの候補まで添えてな」

微笑を浮かべ、嬉しそうに誇らしそうに言うクラウスに、エマはつられて頬をゆるめる。

「それは心強いですわね」

「ああ、本当にな」

小さく頷くとクラウスはスッと表情を引き締めた。

深い青色の瞳に厳しい光が灯る。

「つい先ほど、アルロ・ミラーを捕らえるために兵を出した。あの町からは逃がさない」

「……はい」

「そして、彼が王宮に連行され次第、薬を飲ませる」

「薬？　自白剤をでしょうか？」

「いや、自白剤ではなく……身体を深い眠りにつかせ、一時的に仮死状態に陥らせる薬だ」

仮死状態という言葉に、エマはその目的を察する。

「……そのような薬があるのですね」

「ああ、ある。百年ほど前、王家の娘が身分違いの恋に落ち、恋人と使ったのが最初らしい。心中したと見せかけて息を吹き返した後、『生きて結ばれることを願い、偉大なる主が私たちをお救いになったのです！』と両親に訴え、見事に仲を認めさせたと聞いている」

この国では、一度呼吸がとまった者が息を吹き返すと、『主の導き』として特別視される傾向があるのだ。彼女はそれを利用したのだろう。

「それはまたなんとも、情熱的なことで……」

百年ほど前で「最初」というのならば、まださほど効能が定かではなかっただろうに。

――きっと、『死んでもかまわないから、この恋を守りたい』と思ったのでしょうね。

恋の力とは恐ろしいものだなと思いながら、エマはゆるくかぶりを振って余計な思考を追い払うと、話を元に戻すことにした。

「それで……つまり、その薬をアルロに飲ませれば、あなたの呪いは解けるのですよね？」

「……ああ、おそらくは」

神妙な表情で頷くクラウスに、エマは少しためらった後、微笑を浮かべて尋ねた。

「……それは、いつ頃になるのでしょうか？」

クラウスは一呼吸の間を置いてから、ボソリと答える。

「……早ければ、今夜にでも彼を確保できるはずだ」

つまり、早ければ今夜にでも「契約満了」となるということだ。

――終わりって、こんなにも突然訪れるものなのね。

もしかしたら、このままずっと一緒にいられるかもしれない――と思いはじめていたところだったというのに。

不意打ちで突きつけられた別れのカウントダウンに、エマは呆然と言葉を失う。

けれど、すぐさま我に返って、ニコリと笑みを作った。

「……今夜ですか、それでは明日の朝食が楽しみですわね！」

そうだ。ここで一緒に喜ばなくてどうするのだ。

自分を叱咤しながら、強ばりそうになる頰を必死にゆるめて言祝《ことほ》ぐ。

「おめでとうございます！　呪いが解けるまで後少しですわね！　私も嬉しいです！」

クラウスの手を取って弾んだ声で告げれば、深い青の瞳が揺れ、サッと睫毛が伏せられる。

それから、彼はエマの手をそっと握り返すと、噛みしめるように呟いた。

「……そうだな。本当に、喜ばしいことだ」

「はい！」

そう、喜ばしい、祝うべきことなのだ。

呪いさえ解ければ、クラウスはこれからもう何でも食べられる。

朝食も、昼食も、晩餐も、三時のお茶も、そして夜食も。

エマの胸を借りて騙し騙し味わわなくとも、好きなだけ、本物の食事を楽しめるのだ。

「本当におめでとうございます！　ぜひ……最後のお祝いにでも、お食事をご一緒できることを楽しみにしておりますわ！」

別れるのならば、せめて最後に一度くらい、一緒に美味しくごはんを食べたい。

最初で最後でいいから、夫婦で食卓を囲みたい。

そんなささやかな願いをこめて口にした言葉に、クラウスは「そうだな」と目を伏せたまま頷き、何ごとか考えこむように何度か睫毛をしばたたかせた。

それから、ゆっくりと顔を上げると、淡い笑みを浮かべて口をひらいた。

「……最後ならば、晩餐にしよう。ゆっくり別れを惜しめるだろうからな。君の好きなものを用意させる。希望のメニューを考えておいてくれ」

穏やかに告げられ、エマはギュッと胸が締めつけられるのを感じた。

別れを惜しんでくれるのかという喜びと、それでも引きとめてはくれないのだという悲しみが胸の奥で交差し、切なさへと変わる。

ジワリと涙がこみ上げてきそうになるが、それでもエマは笑って答えた。

「はい、ありがとうございます！　次のご訪問までに考えておきますわね！」

今夜は、いつものように雑談をしに来てはくれないだろう。

次に彼がこの部屋を訪れるとき。

それはきっとアルロ・ミラーが確保され、王宮に連れられてきた後になるはずだ。

そのときには、クラウスの呪いも解けているだろうか。

――そうだったとしたら……思いっきり、笑顔で祝ってさしあげないとね。

エマが自分に言いきかせつつ笑みを深めると、まばたき一回分の間を置いて、彼もいっそう口元をほころばせ、「ああ、頼む」と返してきたのだった。

＊＊＊

その夜、エマは窓辺で一人、満ちた月をながめていた。

昼間、クラウスが部屋を出て行く際に「起きていなくていい」と言われたため、一度は寝台に入ったのだが、結局はこうして起きだしてしまった。

――だって、眠れるはずないじゃない。

シュミーズの上に羽織ったガウンの前を掻《か》き合わせ、そっと溜め息をこぼす。

起きていたところでできることはない。

明日、隈を作って顔を合わせれば、クラウスを心配させてしまう。

そうとわかっていても、呑気《のんき》に横になってなどいられなかった。

――今夜アルロが捕まれば、明日の朝にはクラウスの呪いが解けるでしょうから……。

明日の夜には最後の晩餐がひらかれ、そして、デザートを食べおえたら、契約満了の手続きをすることになるだろう。

――それから……いつまで、ここにいてもいいのかしら。

すみやかに離縁して出て行くべきなのはわかっている。

別れたくないと駄々《だだ》を捏ねる気もない。

——だって、彼の幸せのためだもの……。

それに、報酬はもうもらっている。

成功報酬として定められた莫大《ばくだい》な金品などよりも、エマの人生においてもっと価値のある、消えることのないものを。

一人の人間として大切にしてもらえた。

想う人に女として愛される喜びを——たとえ演技だとしても——存分に味わうことができた。

生涯恋愛も結婚もしないで終わるはずだった「色」のないエマの人生に、鮮やかで甘い薔薇色の思い出を残してくれた。

——そうよ……もうたくさんいただいたわ。それで、充分じゃない。

これ以上を望むのは贅沢な我《わ》が儘《まま》だ。

——もっとずっと一緒にいたいなんて……その資格も理由もないんだから……！

未練がましく疼く心をなだめるように手を置いて、また一つ溜め息をこぼしたそのとき。

毎夜のように聞きなれた、ノックの音が響いた。

慌てて扉に駆けよってひらくと、そこには寝衣ではなく宮廷服をまとったクラウスが、所在なさげに立っていた。

「……起こしてすまない」

エマと顔を合わせるなり、クラウスは眉を下げて謝ってきた。

「いえ、起きておりましたので」

ニコリと笑って返してから、表情を引き締めて尋ねる。

「……アルロが見つかったのですか?」

「いや」

クラウスは即座に首を横に振り、少しの間ためらった後、遠慮がちに口をひらいた。

「まだ、なのだが……もしもよければ、報《しら》せが来るまで、一緒にいてくれないか」

そっと目を伏せながら、初めて目にするような心細げな表情で乞われて、エマはパチリと目をみはる。

それから、ゆっくりと頬をゆるめて微笑んだ。

「……はい、私でよろしければ」

答えながら、穏やかな満足感が胸に広がっていく。

——ああ、もう、これで充分だわ。

このような夜に傍にいたいと思ってくれた。

女として本当の意味で愛してはもらえなかったとしても、人として信頼してもらえたのは、きっと確かだろうから。

「……ありがとう、エマ」

ホッとしたようにクラウスが表情をゆるめ、それからは、二人並んで窓辺の椅子に腰かけ、夜空を青く照らす月に目を向けた。

――呪いが解け次第、すぐにでも離縁の手続きを進めていただくよう、お願いしないといけないわね。

彼の瞳のように深い青色の空を見上げて、エマは心を決める。

やさしい彼を困らせてしまわないように。

少しでもきれいな思い出として、彼の中に残りたいから。

――私から、言いましょう。

切ない決意を胸に秘め、エマは最後かもしれない二人の夜を惜しむように、じっとクラウスに寄りそっていた。

＊　＊　＊

時折ウトウトとしたり、他愛《たあい》のないことを話しながら、やがて迎えた夜明け。

空が白み、窓から射《さ》しこむ朝陽に目を細める頃。

早馬でもたらされた報告は、元宮廷魔紋師アルロ・ミラーの発見と――その死を伝えるものだった。

浜辺に打ちあげられている彼の遺体を、捜索に当たっていた兵士が発見したのだという。

「アルロ・ミラーを知る者に顔を確認させましたが、本人に間違いないとのことです。所持品をあらためましたところ、ポケットから毒薬と思われる小瓶が見つかりましたため、服毒した上でどこかから海に身を投げたと思われます！」

「そうか」

報告を聞きながら、クラウスは複雑そうな顔をしていた。

彼は自分を呪った相手が自害したと聞いて、手放しで「呪いが解けた」と喜べるほど冷淡な人間ではないのだ。

「……報告ご苦労。ゆっくり休むといい」

クラウスが厳かに労《ねぎら》いの言葉をかけると、伝令の兵士は深々と頭を垂れて礼を述べ、部屋を出て行った。

そして、彼と入れ違いに入ってきたのは、銀の盆を手にしたカイルだった。

盆の上に載っているのは、ミルクジャムを挟んだビスケットと紅茶のセット。

あ、とエマは目をみひらき、それから、ふわりと頬をゆるめる。

――カイルも報告を聞いたのね。

そして、アルロの死を知り、呪いが解けたと思って急いで持ってきたのだろう。

十か月ぶりの「本物の夜食」を主人に供するために。

その心遣いに、エマは後味の悪い報告に沈みかけていた心が、ホッと温まる心地がした。

「殿下、おめでとうございます！」

カイルは弾んだ足取りで窓辺に佇《たたず》むクラウスとエマのもとにやってくると、テーブルに盆を置いて、晴れやかな笑みで言祝いだ。

「……ああ、ありがとう」

クラウスの目元がゆるみ、唇に淡い笑みが浮かぶ。

彼も、カイルの気持ちを素直に嬉しく思ったのだろう。

「報せを聞いて、用意してくれたのだな」

「はい！　ぜひ、お二人で召し上がってください！」

弾んだ声で言いながら、カイルはティーポットやカップ、ビスケットの皿を手早くテーブルに並べていく。

そして、並べおえるとシャキリと背すじを伸ばし、チラリとエマに視線を向けて悪戯っぽく目を細めた。

「それでは、私はこれで失礼いたします。後は、お二人でごゆっくりどうぞ！」

「……ありがとう、カイル。君も今日は休むといい。昨日は休日を潰させてしまったからな」

「いえいえ、殿下のお役に立てるならば、休日の一つや二つ喜んで返上いたします……と言いたいところですが、今日だけはお言葉に甘えさせていただきます」

そう答えるカイルの目元にはうっすらと隈があった。

きっと彼も昨夜は眠れなかったのだろう。

「ああ、そうしてくれ」

クラウスが瞳に感謝をこめて答えると、カイルは満足そうに「はい!」と頷き、踵を返して去っていった。

パタンと扉が閉まって、再び二人きりになり、どちらからともなく顔を見合わせる。

そして、そっと笑みを交わすと、そろってビスケットに手を伸ばした。

「……では、エマ。いただこうか」

「はい!」

ニコリと頷いてビスケットを口元に運びながら、エマの視線は自然とクラウスの手元に引き寄せられる。

ビスケットを摘まむ彼の指が微かに震えていることに気が付いて、エマは思わず目頭が熱くなった。彼がどれほどこの日を待ち望んでいたのかが伝わってくるようで。

――どうか美味しく食べられますように……!

祈りながら見つめる視線の先で、ビスケットがクラウスの口にグッと押しこまれ、ザクリと噛みしめる。

そして――直後。

ぐぅ、と喉の奥から呻きをこぼすと、クラウスは口元を押さえて立ち上がった。

「クラウス⁉」

エマも弾かれたように席を立ち、呼びかけるが彼は答えなかった。

いや、答えられなかったのだろう。

きつく目をつむって顔を歪めながら、強く押さえつけた手のひらの下、太い喉がヒクヒクと忙《せわ》しなく動いている。

きっと必死に吐き気を堪えているのだろう。

「っ、クラウス！」

エマが悲鳴じみた声でもう一度呼びかけたところで、クラウスは、また一つ、喉を鳴らすと、耐えきれなくなったのか浴室へと走っていった。

――口！　何か、ゆすぐもの！

エマはティーポットを手に取り、けれどすぐさま、こんなに熱いものではダメだと気付き、ナイトテーブルに走る。

そして、水差しとグラスをつかんで浴室へと向かった。

勢いよく扉をひらいて駆けこむと、洗面台にかがみこんでいるクラウスの姿が目に飛びこんでくる。

「ぐぅ、……っ、が、……はぁ、ぐっ」

何度もえずき、吐き気を堪えながらも、指を深く口の中につっこんで、欠片ひとつも残したくないというように舌の上に爪を立てている。

その舌にいまだ黒々とした魔紋が残っているのが見えて、エマは小さく悲鳴を上げた。

——どうして⁉

アルロ・ミラーは息絶えたはずなのに。

激しくうろたえながらも、今は考えている場合ではないと思い直し、水差しからグラスに水を注ぐ。

焦るあまりに手が震え、いくらかこぼれてしまったが、それでも半分ほど溜まったところでクラウスに差しだした。

クラウスはグラスを見つめて一瞬顔を歪めてから、それでも、「ありがとう」と受け取って、一息に口に流しこみ、すぐさま、また口元を押さえて洗面台にかがみこんだ。

その様子にエマは察する。

味がないものならばと思ったが、水もダメだったのだ。

「——っ、あ、ご、ごめんなさい！　タオル、タオルを持ってきます！」

余計に彼を苦しめてしまったと悔やみながらも浴室を飛びだそうとして、その手をクラウスにつかまれ、ひきとめられた。

「っ、クラウス？」

「……大丈夫」

エマの手を離し、クラウスはポケットから出したハンカチで口を拭うと、洗面台に手をつき、鏡の縁に視線を向けながらポツリと呟く。

「もう、大丈夫だ」

「でも……」

「口の中にものが残っている限り臭いは消えないが、水でゆすげば比較的早く収まる」

「……そうなのですね」

「ああ。そのときだけ我慢すればいいだけだ。終わるとわかっている苦痛ならば、耐えられる。いつかは終わると、わかっているのなら……」

ふと言葉が途切れたと思うと、フッと彼の顔から表情が抜け落ちる。

「……一生、このままなのか」

ボソリとこぼした呟きは、途方に暮れたような響きを帯びていた。

「私は、一生……」

いつかは終わると信じていたのだろう。

いつかは呪いが解けて、苦痛から解放される日が来ると。

けれど、その希望は打ち砕かれてしまった。

呆然と洗面台を見つめるクラウスの目に涙はない。

けれど、深い青の瞳にジワジワと深い絶望が広がり、暗く沈んでいくのがわかって、エマはたまらず手を伸ばし、洗面台についた彼の手に手を重ねた。

「っ、クラウス……！」

励ましの言葉をかけようとしたところで、こちらに向き直ったクラウスが、取り繕うように微笑んだ。

「……大丈夫だ」

「何がです⁉」

大丈夫なことなど何もないではないかと涙ぐむエマに、クラウスは「大丈夫だ」と繰り返す。

「不便ではあるが、解決方法がないわけではないからな……」

ふっと言葉を切り、笑みを深めると重ねたエマの手を握り返し、クラウスは言った。

「……私には君がいる。そうだろう？」

彼の口調こそ落ち着いていたが、絡む指にこもる力はすがるように強く、エマはギュッと胸が締めつけられるような心地になる。

──君がいる、だなんて……。

そのような強がりを言うほかないクラウスが痛ましくてたまらない。それなのに。

──嬉しい。

そうも思ってしまった。

昨夜、きれいに諦めたはずの彼との未来が目の前に差しだされ、秘めた欲望があふれだす。

これからもずっと、もしかしたら一生、クラウスの傍にいられる。

嬉しい、嬉しい、と高鳴る鼓動が訴えている。

彼の幸せを願っていたはずなのに。

彼の不幸を喜んでしまう自分の情けないほどの強欲さに、エマは深い失望を覚えた。

――最低だわ、私……本当に最低よ……！

激しい自己嫌悪に顔を歪め、俯いた拍子に瞳にふくれ上がった涙が一粒、ポタリと落ちる。

それはつないだ彼の手の甲に滴って。

その瞬間、彼の手がピクリと震え、スッと離れていった。

「……すまない」

沈んだ声が耳に響き、エマが「え？」と顔を上げると今度はクラウスの方が俯いていた。

「クラウス？」

どうしたのかと声をかけて、返ってきたのは予想だにしない言葉だった。

「……失望したのだろう？」

「っ、どうして――」

自分の気持ちがわかったのかと息を呑み、直後、エマは疑問を覚える。

いや、どうして彼が謝るのだ――と。

その疑問の答えはすぐにわかった。

「せっかく君の希望で期限を定めたのに、これでは実質無期限の契約になってしまうからな。さぞ、落胆したことだろう」

「っ、ちがっ、そんなこと――」

「では、それは何の涙だ。純粋に私を哀れんでの涙なのか？」

「それは……」

そうだと言ってしまえばよかったのだろう。

けれど、それは嘘だと、誰よりもエマ自身がわかっていたから、答えに詰まってしまった。

「……君は、正直な人だな」

ポツリと呟いたクラウスの声は穏やかで、その口元には寂しげな笑みが浮かんでいた。

「でもっ、でも、違うんです！」

あなたの思っているような意味で泣いたわけではない――と言おうとしたが、そっと片手を上げて遮られる。

「いい。君の気持ちも考えず、身勝手なことを言った。君のやさしさを勘違いして、甘えすぎていたな」

恥じ入るように睫毛を伏せ、スッと上げるとクラウスは表情を引き締めた。

「……君が望むのなら、すぐにでも契約を解消しよう」

厳かな口調で告げられ、エマは頭が真っ白になった。

「もちろん、中途解約のペナルティなどはない。報酬も満了時に約束したものを出そう」

「っ、それは……」

「足りないと思うのならば、君の希望通りに用意する。遠慮なく言ってくれ」

違う、そうではない。報酬など望んでいない。

言いたいことは山ほどあったが、思いもよらない展開に頭も心も乱され、まとまらない。

混乱した頭のまま、それでも、今確かめなくてはと言葉を絞りだす。

「もし……もしも、私が解約を望んだとして、その後はどうなさるのです？　他の誰かを探されるのですか？」

そしてその誰かを抱いて、エマとの魔紋を解くつもりなのだろうか。

悲痛な思いで投げかけた問いに、クラウスは答えた。

「君が気にすることではない」

静かな笑みを浮かべて、穏やかに突き放すように。

「……っ」

その言葉はまっすぐにエマの胸に刺さり、エマは顔を俯かせる。

ズキズキと痛む胸を押さえれば、その手のひらの下から、醜い感情があふれだす。

――嫌よ、嫌、他の人なんて嫌、誰にも渡したくない。離れたくない。そばにいたい。

切々たる想いに駆られながら、同時に思う。

——でも、こんな醜い私に、それを望む資格はない。

自分がこれほど浅ましい、欲深い人間だとは思わなかった。

このようなありさまでは、いつかクラウスの呪いが解けたとしても、彼の妻の座にしがみついてしまうかもしれない。

それならばいっそ、今、この想いを断ちきった方が彼のためなのではないだろうか。

そう思いながらも、未練に舌を縛られたように「契約を解除します」の一言を口に出せずにいると、小さな溜め息が耳に届いた。

「……今すぐに答えなくていい。明日にでも答えを聞かせてくれ」

淡々と告げられ、エマは弾かれたように顔を上げる。

「っ、ぁ、あの」

「朝まで無駄な時間に付きあわせてすまない。今日の講義はすべて取りやめにしておくから、ゆっくり休んでくれ。私は政務に戻る」

そう言うとクラウスはエマの言葉を拒むように背を向け、足早に浴室を出て行った。

その後を追いかけて部屋に入り、けれど、エマは何も言えぬまま、ただ瞳に涙を浮かべて、扉の向こうへと消えていく広い背中を見送っていた。


クラウスの足音が遠ざかり、やがて聞こえなくなった頃。

ふらふらと窓辺の椅子に向かい、腰を下ろして、エマは一人頭を抱えて溜め息をこぼした。

――ああ、どうして、何も言えなかったのかしら……いえ、言えないわよね。

あなたの呪いが解けなかったのは悲しかったが、傍にいられると思ったら嬉しくて、そんな自分が嫌で泣いた。

そのようなこと、言えるわけがない。

言われたところで彼も困るだろう。

――契約が続くことを嫌がって泣いたと思われるのと、どちらの方が最低かしらね。

どちらにしても最低だ。

――きれいにお別れするつもりだったのに……。

欲を出したせいで、クラウスに失望されてしまった。

――このままでは嫌……!

こんな風に終わらせたくない。クラウスを落胆させたままで別れたくない。

彼の中で苦い思い出として残りたくない。

そのような身勝手で未練がましいことを考えていると、不意にノックの音が響いて、エマはハッと顔を上げる。

クラウスが戻ってきてくれたのかもしれない。

「っ、はい、どうぞ!」

期待に上擦る声で呼びかけて、直後、返ってきたのはクラウスの声——ではなく、カイルの声だった。

「……カイル、どうしたのですか？」

扉をひらいて入ってきたカイルは、先ほどとは打って変わって神妙な表情をしていた。

「……その、殿下がひどく落ちこんだお顔で、エマ様のお部屋の方から歩いてらっしゃるのが見えたので……何かあったのではないかと」

視線をそらしながら歯切れ悪く返され、エマは気まずさと申しわけなさを覚える。

「そう、心配して来てくださったのですね……どうもありがとう」

「いえ……いったい、どうなさったのですか？」

エマはどこまで告げるべきかためらってから、ただ一つ確かなことだけを答えた。

「……殿下の呪いが解けていなかったのです」

「そんな……！」

カイルが愕然《がくぜん》と目をみひらき、ゆるゆると肩を落とす。

「……何と、おいたわしい」

嘆く声は悲痛な響きに満ちていて、エマは自分よりもカイルの方がずっと純粋にクラウスを思っているのではないかと、情けなく、恥ずかしいような心地になる。

「……本当に、そうですわね……魔紋師が亡くなったのに解けないなんて……」

いたたまれなさをごまかすように口にした言葉に、カイルは「そうですねぇ」と眉間に深い皺を寄せて考えこんでから、ふと何かを思いついたように顔を上げた。

「もしかすると、ただの魔紋ではなかったのかもしれません」

「……というと？」

「何か特別な解呪の条件があるとか……元々、あの呪いがかかったときも、魔紋師は目の前にはいませんでした。スプーンを口にしたら魔紋がかかるよう、条件付けされていたと聞いておりますす。ですので、解呪もただ術者が亡くなるだけでは不十分で、媒体となる何かを壊すとか、そういった条件があるのかもしれません！」

「なるほど……それは、ありえますわね！」

にわかに見えた希望に、エマはグッと身を乗りだすようにしてカイルに問うた。

「では、その魔紋師が暮らしていた部屋を見れば、何かわかるかしら⁉」

「そうですね、宮廷魔紋師だった頃の住居は引き払われていましたし、そもそもそんな大事なものなら逃げるときに持って逃げますよね……」

「つまり、潜伏先に持っていっていたということ？」

「その可能性は高いと思います」

重々しく頷くと、カイルは何かを企むようにキラリと瞳を光らせ、エマの手を取り囁いた。

「行ってみませんか、今から内緒で、二人で……」

「今からですか？」

　パチリと目をみひらいたエマに、カイルは満面の笑みで頷く。

「はい！　今日の講義はお休みでしょう？　私も休みですし、今から出れば昼前にはモーガン領に着きます。家探しして戻っても、晩餐の時間には間に合いますよ！」

「でも、内緒でなんて無理では……？」

　まがりなりにも王太子妃であるエマが暮らすこの部屋の警備は厚い。

　王宮の玄関からここに来るまでは、両手の指を足してもたりないほどの衛兵が見張っており、それでなくとも、廊下には大勢の宮廷人が行きかっている。

　その目をかいくぐって出て行くなど不可能だ。

　当然の疑問に、カイルは何でもないことのように答えた。

「隠し通路がありますでしょう？」

「え？」

「以前、陛下が中庭でお酒を召されながら、公妾様に話してらっしゃるのを耳にしたのです。王族の部屋には王宮の裏手に通じる隠し通路があるのだと……公妾様のお部屋にはないそうで、『今度作ってやるからな！』と約束してらっしゃいました」

　苦笑まじりに告げられて、エマは言葉を失う。

　――そんな……そのような秘密をペラペラと……中庭で……？

王家に仕える人々にとっては公然の秘密なのかもしれないが、ずいぶんと不用心なことだ。

呆れつつ、エマはその二の舞にならないよう、言葉を選んでカイルに告げた。

「……確かに、この部屋にもあると聞いたことはあります」

「ご安心ください。詳しいことはお聞きいたしませんよ。王宮の裏手でお待ちしています」

カイルが心得たように答える。

「そう……でも、いなくなったとわかったら騒ぎになるでしょう？」

「一人になりたいから夜まで放っておいてほしいと声をかけておけば、誰も入って来ませんよ。……エマ様の意志を尊重するようにと、いつも殿下がおっしゃっていますから」

「……そうですか」

その言葉で、エマの心が動いたことを感じたのだろう。

「食事は朝食だけ取って、そのときに昼の分をサンドウィッチにでもして届けてもらってください。それをお弁当がわりに持っていきましょう」

カイルはいっそう強くエマの手を握り締めながら、熱心に訴えてくる。

「エマ様、何もしないで落ちこんでいるよりも、殿下のためにできることをするべきです！」

「殿下のために」

「はい！　私は悔しくて悲しくて仕方ないのです。これから一生、殿下はあの苦しみを、呪いを抱えて生きていかなくてはならないなんて、あんまりではありませんか！　だから、せめて何かできることはないか、やるだけやってみたいのです。エマ様もそうは思われませんか？」

「……思います。思うに決まってますわ……！」

「そうでしょう？　ですから、エマ様、殿下をお救いしましょう！　殿下を呪いから解放して差し上げるのです！　エマ様、あなたご自身の手で！」

それは今のエマにとって抗《あらが》いがたい誘惑だった。

このまま契約を解消することになるとしても、せめて、彼の呪いを解いてから去りたい。

——そうよ、それくらいしてさしあげたいわ！　それに、私の手でお救いできたら……。

きっと、クラウスの中で良い思い出として留まれるはずだ。

この期に及んで、そのような浅ましいことを考えてしまう自分が恥ずかしい。

けれど、それでも、彼を助けたいという気持ちだけは本物だから。

「……わかりました」

今日クラウスが講義を休みにしてくれたのも、そうしろという主の導きなのかもしれない。

できるだけのことをしてダメだったのならば、少なくとも後悔はせずにすむだろう。

そう心を決めると、エマはキリリと顔を上げて、カイルの手を握り返した。

「行くだけ行ってみましょう！」

「はい！　では、後ほど……そうですね、一時間後に、王宮の裏手で落ち合いましょう！」

「ええ、では後ほど」

しっかりと頷きあい、カイルが部屋を出て行く。

それから、エマは朝食を取り、控えめな装飾の青いドレスに着替えて黒い外套《がいとう》を羽織ると、カイルの提案通りに偽装工作をほどこし、王宮を抜けだして——。

数時間後、自身の選択を深く悔いることになるのだった。

第五章　愛を見せろと言うのなら、見せてあげる

エマがカイルと共にモーガン領に着いたのは、正午を少し過ぎた頃。

行きかう人々で賑わう港町。

そこから少し離れた岬の先に目的の場所はあった。

「……このような屋敷に潜伏していたのですか？」

てっきり宿屋の二階か、どこかの民家の屋根裏などに隠れていたのだろうと思っていたが、三階建ての石造りの館は、一昔前の領主の城のようにも見える立派なものだ。

今では使われていない建物なのか、窓は横板で塞がれている。

「はい、そうです」

外套のフードを下ろして首を傾げるエマを横目に、カイルは上着のポケットから取りだした鍵で玄関をあけながら、こともなげに頷いた。

「さあ、どうぞ中へ」

「……はい」

扉を潜って見渡すと、吹きぬけの玄関ホールを左右で挟みこむように、二階へと伸びる両階段が見えた。

階段を上がった先の二階ホールは、バルコニーのようにこちらに向かって張り出していて、その上には古式ゆかしいサークル型のシャンデリアが所在なさげにぶら下がっている。

床には少々埃《ほこり》があるが、シャンデリアの枠も階段の手すりも傷んではおらず、室内に荒れた様子は見られない。

おそらく、定期的に人の手が入っているのだろう。

──ここは何の建物なのかしら……。

エマの疑問に答えるように、背後に立つカイルが答えた。

「当家の別邸です」

「え？　そうなのですか？」

だから、彼が鍵を持っていたのか。

いったい誰から借りたのだろうと不思議に思っていたが、生家の持ち家ならば納得だ。

「はい。……本当は縁を切られた時点で鍵を返すべきだったのでしょうが……これが家族との最後の繋がりのように思えて……どうしてもできませんでした」

悲しげに目を伏せるカイルを咎める気にはなれず、エマはそっと視線をそらす。

「それで……別邸と言いますと、夏の間だけ使ったりしているのですか？」

「……いえ。元々ここが本宅だったのですが、ご覧の通りの立地なので海風が強いし、町からも遠くて不便でしょう？　十年前に今の屋敷が街中に建って、そちらに移ってからは使っていません。一応季節ごとに一度は手入れに入るのですが、普段は誰も足を踏み入れません」

「では、それを知っていたアルロ・ミラーが、勝手に入りこんで使っていたのですね」

自分で口にして、エマは違和感を覚える。

どうしてアルロはそのような事情を知っていたのだろう。

それに、カイルの言う通り、ここから町までは少し距離がある。

食料や何やらを買いに行くにしても、人目にとまらないはずはないと思うのだが。

「……いえ、入りこんだわけではありません」

ガチャリと響いた音に、エマはハッと振り返る。

後ろ手に扉を閉めて錠を下ろし、ゆっくりと顔を上げたカイルは、先ほどの悲しげな表情から一転、ひどく満足そうな笑みを浮かべていた。

「私がここに出入りをしても、町の皆は見て見ぬふりをしてくれます。屋敷に帰れない代わりに、ここで家族を偲んでいるのだろうと哀れんで……先ほどのあなたと同じようにね」

唇の端を歪めて嘲るようにそう言うと、カイルはまた笑顔に戻って懐に右手を入れ――鍵に代わって取りだされたのは一振りの短剣だった。

「だから、ここで匿《かくま》っていたのです」

スラリと抜き放たれた白刃を突きつけられ、エマは息を呑んで一歩後ずさる。

「っ、まさか⁉」

「そう、そのまさかですよ」

カイルがここで、この十カ月、アルロ・ミラーを匿っていたというのだろうか。

つまり、今、エマはクラウスを害した片割れと向きあっていることになる。

いや、アルロが没した今、呪いが残っているということは、カイルこそがクラウスに呪いをかけた張本人なのではないか。

そう思い至り、エマは震える声で問いかける。

「いったい、どうしてあなたが……？」

「どうしてアルロと知り合いなのか？　それとも殿下に呪いをかけた動機ですか？　どちらもゆっくり説明いたしますから、ひとまず二階に向かっていただけますか？」

ゆったりと笑みを浮かべたカイルに、短剣の刃をチラつかせながら階段を目で示され、エマは素直に従うほかなかった。

右の階段を上って右へ、吹き抜けを囲む廊下から館の内部へと入りこんでいく。

廊下を突き当たっては曲がってと二度繰り返した先で、「ここです」と入るように促されたのは客間の一室。

ガランとした空間には家具一つなく、向かいの壁に並んだアーチ窓にもカーテンがかかっておらず、外側から何枚もの横板が打ちつけられているのが見えた。

このようなところに連れてきて、何をするつもりなのだろう。

――ただ話をしておしまい、というわけにはいかないでしょうね。

それならば玄関ホールで充分だったはずだ。

不安と恐怖で鼓動が早鐘を打ちはじめたところで、背後から響いた衣擦れにエマはビクリと肩を揺らす。

おそるおそる振り向いて見えたのは、ベストのボタンを外し、シャツの裾をトラウザーズから引き出そうとしているカイルの姿だった。

ひ、と息を呑み、エマが一歩後ずさると、カイルはひどく愉《たの》しそうな笑い声を立てた。

「はは！　いやだなぁ、エマ様、何をされると思ったのですか？　あなたを襲ったりなどいたしませんよ」

「っ、そう、ですか」

では、なぜ服を脱ごうとしているのか――というエマの疑念を感じとったのだろう。

「本当ですよ。ただ、ちょっと見ていただきたくて。安心してください、エマ様。私からは、何もしませんから……」

そう意味ありげに付け足すと、カイルはシャツの裾をめくりあげた。

薄く割れた腹に手を這わせ、ほう、と溜め息をこぼし、懐かしむように目を細めて呟く。

「……ここに、ジェンナとつないだ淫紋があったのです」

「え？」

「彼女が亡くなり、五年前に消えてしまいましたが……それを私たちに付与したのが、アルロ・ミラーでした。それが先ほどの質問への一つ目の答えです。私と彼は昔からの知り合いだったのですよ。……親しかったわけではありませんがね」

忌々しげに眉をひそめて溜め息をまた一つこぼし、無造作にシャツの裾をしまうと、カイルは淡々と語りはじめた。

「私が侯爵家の嫡男だった頃に、アルロの方から近付いてきたのです。彼の人柄は嫌悪していましたが、彼の扱う魔紋は興味深かったので、色々と話を聞かせてもらいました」

クラウスにかけた魔紋も、そのときに得た知識を用いたのだろう。

「金と女に目がない最低の屑《くず》でした。小遣い稼ぎに淫紋の付与をはじめてからは、屑に磨きがかかって、口止め料こみで法外な報酬を要求したり、それに……エマ様も聞いたでしょう？」

「……女性に不埒な真似をしていたというのは、本当なのですか」

「ええ。嫁入り前のご令嬢ばかりを狙って。淫紋を付けたなんて、親には言えませんからね。訴えられないだろうとたかをくくって好き放題していました。淫紋の適性調査と称して身体を弄《いじ》りまわしたり、付与後も『定着したか確かめる』と言って呼びだしたりね」

「……なんてこと」

「ねえ、最低でしょう？　ジェンナも、あの屑の好みに合っていたようで『痣《あざ》になるほど胸を揉まれた』と嘆いていました……いつか殺してやりたいと思っていたので清々しましたよ！」

晴れやかに笑うカイルの表情に、人を殺《あや》めたことへの悔いは見られない。

確かに、アルロの被害を受けた女性たちからすれば、彼は殺しても殺したりないほどのことをしたのだろう。エマも彼の行いを擁護する気は微塵《みじん》もない。

それでも、法の裁きを無視した私刑を肯定する気にもなれなかった。

「……エマ様は、あんな屑でも殺されたら嫌な気持ちになるのですね。本当におやさしい」

エマの心境を察したのか、カイルが嘲るように目を細め、そんな言葉をかけてくる。

反論したくなるのを堪えて、エマは静かに先を促した。

「……それで、どうやってアルロをここまで連れだしたのですか」

「……ふふ、簡単ですよ。殿下に『このような噂がある』とアルロの悪行を告げ口して、殿下が捜査をはじめたところで、アルロに『殿下が犯人を捜している。君には昔世話になったから、ほとぼりが冷めるまで匿ってやる』と親切ごかしに持ちかけたのです」

そうしたら、疑うことなくここまでついてきました――とカイルは嗤《わら》う。

「その後に殿下の呪いをかけた犯人として疑われていると知って、ひどく怯えていましたね。『捕まったら呪いを解くために殺される』と。『あなただけが頼りなんだ、犯人が見つかるまで守ってくれ』と涙ながらにすがってきて……ふふ、笑いを堪えるのに苦労しました」

「……アルロは、あなたを信じていたのですね」

青褪《あおざ》めた顔で問うエマに、カイルは「ええ、そうですよ」とこともなげに答える。

「だから、せめての情けで毒薬と一緒に眠り薬を飲ませてやりました」

そして永遠の眠りについたアルロを岬から落としたのだ。

「後は、エマ様もご存じの通りですよ……本当に、ここまで上手くいくとは思いませんでした」

しみじみと呟き、満足げに息をつくと、カイルはエマを見つめて微笑んだ。

「……あなたを選んで、本当によかった」

「え？」

「先ほどの質問への二つ目の答えをお話します。殿下に呪いをかけた動機は『復讐《ふくしゅう》』です」

サラリと告げられ、エマは戸惑う。

どうして、自らを救ってくれたクラウスに復讐をする必要があるのだ。

エマの疑問を察したのだろう。カイルは唇の端を歪めると、その答えを口にした。

「これは、私の恋人を殺し、私たちの人生を奪ったことへの復讐なのです」

「そんな、だって、彼女は――」

「騙されてなんていません！　私たちは心から愛しあっていました！」

カイルはエマの言葉を強い口調で遮り、キッとまなじりを吊《つ》り上げた。

「ジェンナは私のすべてを理解して、受け入れて、愛してくれました。私が侯爵家の跡を継ぐことや、殿下の侍従になったことへの不安を打ちあけたら、『辛くなったら一緒に逃げてあげる。身分なんて関係ない、あなたがたとえパン屋の倅《せがれ》でも同じように恋に落ちたわ』と……励まし、慰めてくれた。お互い初めての恋でした。あれほど愛らしくて純粋でやさしい女性はいません。私を巻きこんだのも、父親に無理強いさせられたに決まっています！」

ハシバミ色の瞳に憤怒の色を浮かべて虚空を睨みながら、カイルは言葉を続ける。

「彼女だってまきこまれた被害者だ。だから、彼女も救ってくれるよう、殿下に手紙を書きました。けれど、『調査の結果、彼女の関与は確かなものだった』と断られたのです。そんなはずないのに！」

ギリリと奥歯を噛みしめ、カイルはクラウスへの恨み言を紡ぐ。

「せめて、最後に一目でも会いたかったのに……それすら叶えてくれなかった。手紙だって、牢番《ろうばん》が言っていました、ジェンナは毎日手紙を書いていたと。きっと私への返信です。それをあいつがとめたんだ！　彼女の想いを、最後の言葉を私は受け取ることができなかった！」

悲痛な表情で叫んだ後、カイルは一転して憤怒の形相に戻り、エマに視線を戻した。

「エマ様……ジェンナの処刑が終わって、王宮に戻った私に、殿下は何と言ったと思います？『災難だったな。彼女のことは忘れろ』ですよ？　まじめくさった顔で『君は騙されていた。

彼女は君を愛していたわけではない。君の職務を利用しただけだ』なんて、誰が信じるものか！　私に恨まれないために嘘をついたに決まっている！」

「そんなことは……」

「ないと？　なぜ言えるのです？　あなたはジェンナに会ったことなどないでしょう！」

「っ、それは……」

だが、クラウスが嘘をつくとは思えない。

本当にジェンナに罪がなかったのなら、彼は彼女を見捨てず救ったに違いない。

力及ばず助けられなかったとしても、その罪を認めて誠心誠意カイルに詫びたはずだ。

そう訴えたかったが、口をひらいたところで喉元に刃を突きつけられ、黙るほかなかった。

「あいつは嘘つきなのですよ、エマ様。嘘つきのせいで、私とジェンナは得られるはずだった幸福な未来を、人生を奪われた。だから、復讐してやろうと思ったのです」

それが動機なのだと瞳に暗い炎を燃やして、カイルは言った。

「あいつに人生を捧げろと両親に言われた時は怒りのあまりどうにかなりそうでしたが……思いとどまってよかったです。そばで仕える侍従ならば、いくらでも復讐の機会はありますから」

殿下のおそばにお仕えできてよかったと思っております——以前カイルが口にした言葉の、本当の意味を理解して、エマは悔しいような悲しいような心地になる。

「でも、私と同じ苦痛を味わわせてやりたくても、殿下は仕事仕事で遊びの恋すらなさらない。本当に、つまらない男ですよね」

「……誠実なだけです」

思わずエマが言い返すと、カイルは満足そうに目を細めて頷いた。

「そう、そういうところです。エマ様は本当に人が良い。そういうあなただから殿下も愛してしまったのでしょうね」

ふふ、と口元をほころばせて、彼は種明かしをするようにエマに告げた。

「あなたに目をつけたのは四年前です」

「え?」

「四年前のデビュタントの舞踏会、私も同席していたのですよ」

言われてエマは思いだす。そうだ。咳払いをした侍従は彼だった。

「あなたを見て、殿下は『春の女神のようだな』とおっしゃったでしょう? 他のご令嬢には、そのような言葉をかけてはいらっしゃいませんでした。あなただけです」

意外な告白に「え?」と目をみはるエマに、カイルはひょいと呆れたように肩をすくめて、言葉を続ける。

「舞踏会で見初めるなんて、まったく血は争えませんよね。ですが、残念なことに殿下は陛下と違って、あなたを召し上げたりはしなかった。だから、お膳立てしてさしあげたのです」

クラウスに呪いをかけて、エマを娶《めと》らざるを得なくしたのだ。

「もちろん、顔が好みでも中身まで愛せるとは限りません。それでも、殿下の性格からして、肌を重ねれば責任や愛着が生まれるでしょうから、あなたを失ったときに、それなりの苦痛を与えてやれるだろうと思っていたのですが……殿下があなたを見るまなざしは日を追うごとに愛情に満ちたものに変わっていった。ふふ、期待以上でしたよ！」

「それは……あなたの見こみ違いです」

愉快げに笑うカイルに、エマは胸の痛みを堪えながら静かに告げる。

「私たちはあくまで契約に基づいた夫婦で、彼は私を愛するふりをしてくれただけ――」

「エマ様。殿下はね、演技で女性を愛せるほど器用な男ではありません。殿下は間違いなく、あなたを愛しています」

「……そんな」

キッパリと言いきられ、エマはジワリと瞳を潤ませる。

クラウスをよく知るカイルに愛を保証され、このようなときでなければ嬉しく感じただろう。けれど、今は、それが嘘であってほしいと思わずにいられなかった。

「あいつは私のように愛を知った。ようやく同じ気持ちを味わわせてやれる……！」

その愛情を復讐に利用されようとしている、今は。

「……それで、どうするつもりです。私を……殺すのですか」

尋ねる声が震えるのを抑えきれなかった。

けれど、カイルは「いいえ」と首を横に振り、ニッコリと微笑んだ。

「……そのようなことといたしませんよ。あなたはただ、ここにいてくださるだけでいい」

どういうことかと訝しむエマに、カイルはますます笑みを深めて告げた。

「ところでエマ様。そろそろ昼食の時間ですね」

「え？」

「おなか、空きませんか？」

一呼吸の間を置いて、その問いの意味を理解した瞬間、エマはサアッと血の気が引いていくのがわかった。

「……ああ、すごいですね。エマ様は血色がよろしいから、顔色の変化がよくわかります」

一歩後ろに下がり、扉をひらいてカイルが嗤う。

「やめて、お願い……！」

「おっと、来てはいけません！」

駆け寄ろうとするエマの鼻先に短剣を突きつけて足をとめさせると、カイルは、素早く扉を潜って閉めて――。

「エマ様はそこで大人しく、殿下の愛を感じてください」

そんな言葉と共に、錠が下りる音が無情に響いた。

「――待って！　ダメ！」

エマは必死に扉を叩き、ノブをつかんで揺らす。

ひらかぬ扉と格闘するうちに何かを引きずってくるような音がして、ガタガタと揺れていた扉の揺れが小さくなる。前に家具か何かを置かれたのだろう。

「待って！　いかないで！　出して！　お願い！　嫌！　出してぇぇ！」

遠ざかっていく足音と哄笑を聞きながら、エマはひたすらに扉を叩き叫び続けた。
＊＊＊

少しでも消耗を抑えようと部屋の隅に蹲《うずくま》り、息さえ潜めたところで、生命の活動はとめられない。

空っぽになった胃が呑気な音で、ぐうぐうきゅるると鳴きはじめ、やがて過ぎた空腹に目眩《めまい》や吐きけがこみあげてくる。

――どうしよう、どうしよう。

きっとクラウスにも伝わっているだろう。

やさしい彼のことだ。エマの様子を確かめに行ったに違いない。

姿が見えないとわかって、今頃騒ぎになっているはずだ。

——きっと捜してくださるでしょうけれど……。

そう簡単にはいかないだろう。エマ自身が、見つからないように出てきたのだから。

自分の浅はかさを悔いたところで、何もかも遅い。

空腹が強まるほどに、ジリジリと胃の腑《ふ》が焦げ付きそうな焦燥も強まっていく。

そのままどれくらいの時間が過ぎたか。

窓の外が段々と茜《あかね》に染まり、室内が薄闇に染まる。

さらにときが経ち、やがて天高く昇った月がエマの頬を青白く照らしはじめる頃。

ふっと空腹が和らぐのを感じて、エマは悲鳴を上げた。

「ああっ、いや……！」

今朝がたのクラウスの様子が脳裏によみがえり、口元を押さえる。

「……ダメ、やめて……やめてっ」

エマがいなくなって、一向に空腹が落ちつく様子がないことから、きっとクラウスはエマが食事ができない状態にあると察してしまったのだろう。

「ごめんなさい、ごめんなさい……！」

腹を抱えこむように蹲り、服の上から魔紋を押さえて、エマは涙と共に謝罪の言葉をこぼす。

自分の分でさえ辛いだろうに、エマの分までとなれば、どれほど苦しいか。

いっそ、すぐにでも魔紋を解いてほしい。

もう他の女を抱いてほしくないなどとわがままは言わない。

だから、どうか見捨ててほしい。

そう願いながらも、きっと彼はそうはしないだろうと、悲しいほどの確信も抱いてしまう。

たとえカイルの言葉が間違いで、クラウスがエマを愛していなかったとしても、彼は、エマの愛するあの人は、たやすく誰かを見捨てられるような人間ではないのだ。

——だって……やさしい方だもの。

この四カ月の間、彼から与えられた温かで、ときに不器用なやさしさの数々を思い返して、エマはギュッと唇を噛みしめる。

——そうよね……クラウスは私を見捨てない。いいえ、見捨てられない。だから……泣いている場合ではないわ。

ここでメソメソと自分を責めていても、状況が良くなることは絶対にないのだから。

彼のことを思うのならば、泣くより先にするべきことがあるはずだ。

そう自分を叱咤すると、エマはフラフラと立ち上がり、扉に向かった。

——どうにかして、ここから逃げないと……！

叩いてもダメなことはわかっている。

だから、今度は思いきり身体をぶつけてみた。

何度も何度も、肩や腕が痛くなったら、今度は足で蹴りつけた。

それでも、扉がひらくことはない。

「……ダメね」

靴の踵が折れてどこかに飛んでいったところで、エマは荒い息をつきながら扉の前を離れ、辺りを見渡した。

打ちつけられた横板に遮られ、ストライプ状になった月明かりが、うっすらと埃の舞う床を照らしている。

──そうだわ。扉がダメなら、窓があるじゃない!

エマは窓に目を向けて、足早に駆け寄った。

「……外びらきよね」

中から押したら、板を外せるのではないだろうか。

アーチ窓の真ん中に手をかけてグッと押してみる。

けれど、ガタガタと音を立てるだけで、板がゆるむ様子はない。

きっと板を直接押さなければ外れないだろう。そのためにはガラスが邪魔だ。

──ガラスを割るときは、どうすればよかったかしら……ああ、そうだ。

エマは素早く思考を巡らせて、すぐさま外套を脱ぐと腕に巻きつけ、肘を窓ガラスの右側に打ちつけた。

パリンと乾いた音を立てて飴《あめ》細工のようにガラスが砕け、落ちていく。

ひとまず、右半分を割って、直接板を押してみよう。

それでダメならば左も割ればいい。

そう決めて、次々とガラスを割っていった。

ときおり砕け散った破片が頬をかすめ、ひやりとしつつ、それでもエマが手をとめることはなかった。

いっそこの音に誰か気付いてくれればいいのにと思いながら、どうにかあらかた割りおえたところで、細かい破片を外套で掃いて、板に手をかける。

じっとりと湿りけを帯び、ところどころささくれだった感触は心地いいものではなかったが、グッと手のひらに力をこめる。

最初はガタリと揺れるだけだったが、何度も繰り返しているうちに段々と板がゆるんでくるのがわかった。

確かな手応えに、エマはいっそう手に力をこめる。

やがて、スッと抵抗が弱まり、ガタンと外れて振り子のように揺れた板がぶら下がる。

——やった！　外せる、外せるわ……！

エマは心の中で快哉《かいさい》を上げ、よし、と次の板に取りかかった。

一枚、また一枚と外していき、あるものは左にぶらさがり、あるいは下に落ちていって。

やがて最後の一枚が外れたところで、エマはパラパラと落ちるガラスに気をつけつつ、ゆっくりと窓をあけた。

そして、大きく身を乗りだして――絶望に目をみひらく。

見渡すかぎり広がっていたのは、どこまでも続く水平線だった。

視線を下に向けて見えたのは、垂直に切り立った崖と遥《はる》か下に見える海面。

カーテンがあれば、それを裂いてロープがわりにできたかもしれないが、外套とエマがまとっているドレスをすべて合わせても下までは届かないだろう。

――ここから逃げるのは……無理だわ。

煌々《こうこう》と輝く月に照らされた皮肉なほど美しい光景を見つめながら、エマはポロリと一粒涙をこぼす。

けれど、すぐさまそれを拭って、グッと唇を引き結んだ。

――泣いてはダメ……泣く資格なんて、ないもの。

こうなってしまっては、これ以上クラウスを苦しめないために、エマが取れる方法は、もう二つしかない。

次にカイルが来たときに彼をどうにかして逃げるか。

それとも、自ら魔紋を解くか。

――明日……明日の朝までにカイルが戻ってこなかったら……ここから飛ぼう。

クラウスが見つけてくれるまで待つ――という道は選べない。

できることならばそうしたい。クラウスは絶対に諦めずに見つけてくれるはずだ。

それでも、それまで彼を苦しめ続けるなんて、そのようなこと許せるはずもない。

——だって、私のせいだもの……！

自分の手でクラウスを救いたいなどと欲を出して、彼をさらなる窮地《きゅうち》に落としてしまった。

その責任を取るのだ。エマにできることは、もうそれくらいしかない。

クラウスが朝食を口にする前に、すべてを終わらせよう。

そう覚悟を決めながら、それでも、エマは新たに滲んだ涙を拭って振り返り、閉ざされた扉を見据えて、心の中で呟いた。

——でも……もしも明日の朝までにカイルが来たら、そのときは……逃げる。絶対、逃げてみせるわ……！

もう一度クラウスに会って、きちんと詫びて、別れるために。

偉大なる主が最後の機会を与えてくれたのなら、必ず、それを活かしてみせる。

——そのためには何か……武器になりそうなものが必要よね。

カイルが短剣を持っていなかったとしても、素手でやりあっては女のエマに勝ち目はない。

何か隠し持てそうなものはないかと辺りを見回し、窓枠からぶら下がった板に目をとめる。

正確には、板に打ちつけられた釘《くぎ》へと。

——あれなら……上手く隠せるはず。

やわらかそうなところに刺せば、ダメージを与えられるはずだ。脚でも喉でもおなかでも。

そう思ったところで、ゾワリと背すじに怖気《おじけ》が走る。

——そんなこと、できるかしら……。

生きた人の身体に釘を突きさす。そのような恐ろしいことを。

その感触を光景を想像してしまい、思わず手が震えてくる。それでも、エマはギュッと拳を握りこみ自分を叱咤した。

——できるわ、大丈夫よ!

そうだ。生きてクラウスの元に戻るためならば、何だってやってみせる。

心を決めると、エマは板に手を伸ばした。

そうしてググッと引っぱって、外れた板から突きだした釘を引き抜き、吟味して、これぞという一本を選びだすと「どうか力を貸して」と願いながら胸の谷間に押しこんだ。

＊　＊　＊

空が白みはじめる頃。

廊下を近付いてくる足音が耳に届いて、エマが感じたのは緊張と恐怖、そしてわずかな希望だった。

これで、クラウスともう一度会えるかもしれない——という。

扉のすぐそばで待ちかまえるべきか、それとも距離を取っておくべきか。

迷った末にエマは後の方を選んだ。

カイルの方も、「扉をひらいた隙に、エマが逃げだすかもしれない」という想定くらいしているだろう。

ならば、しっかりと状況を見極めて機会を窺った方が成功確率は上がるはずだ。

割れた窓を背にして身構えていると、ゆっくりと扉がひらいてカイルが入ってくる。

鼻歌でも歌いそうなほど上機嫌な様子だったが、その手に刃の抜き放たれた短剣が握られているのを見て、エマは小さく息を呑む。

——無理に突破しようとしなくてよかったわ……。

そっと安堵の息をついたところで、カイルの目がエマを捉え、その後ろへとずれてパチリとみひらかれた。

「おや、これはこれは……ずいぶんと頑張られましたねぇ。お怪我《けが》などなさっていませんか？　あなたが傷付いては殿下が悲しまれます」

この期に及んで忠実な侍従めいた台詞を口にするカイルを、エマは無言で睨みつける。

白々しい。誰のせいでこのようなことになったと思っているのだ。

そんなエマの思いが伝わったのだろう。カイルはフッと頬をゆるめるとあやすような口調で呼びかけてきた。

「わかっておりますよ、エマ様。殿下のために頑張ったのですよね？　そんな健気《けなげ》なあなたにチャンスをさしあげます」

「……チャンス？」

「はい、殿下を救うチャンスを」

その言葉にエマの胸に苦い後悔がこみあげる。

「……あなたの言葉など、信じられませんわ」

クラウスを自分の手で救いたいと願い、カイルの誘いに乗った。

その結果がこれなのだ。同じ過ちを繰り返したくはない。

不信感を露わにするエマに、カイルは困ったように眉を下げると「今度こそは本当ですから」と微笑んだ。

「……それにしても、昨夜は本当に良いものを見せていただきました」

「……良いもの？」

「はい。とても良いものです。エマ様、昨夜、殿下の愛をお感じになったでしょう？」

問われ、エマはグッと言葉に詰まる。

「ふふ、間近で拝見しておりましたが、それはそれはお辛そうでしたよ」

「……やめて」

「味も臭いも幻覚だと頭ではわかっていても、身体が拒否するのでしょうね。飲みこめないのです。無理に飲みこんでも反射のように吐いてしまうのですよ。ご自分の胃をしばらく使っていなかったことも原因だとは思いますが……」

「やめて……っ」

「思わず何度もおとめしてしまいましたが、その度に手を振り払われてしまいました。いやぁ、本当に、良い愛を見せていただきました！」

「やめて！」

カイルの悪趣味な告白を、エマは悲鳴じみた声で遮る。

「どうして……そんなひどいことを……！」

こみあげる涙で滲む瞳で睨みつけると、カイルはひどく愉しそうに目を細めた。

「そうですね、ひどいですよね。実にお可哀想です。ですから、たった一度で終わらせてさしあげようと、こうして夜を駆けてここに来たのです」

そこで一度言葉を切り、カイルは「さあ！」と両手を広げ、エマに向かって微笑みかけた。

「エマ様、殿下の愛は見せていただきました。ですので、今度はあなたの番です。私を誘って抱かれてください」

残酷な命令にエマは一歩後ずさる。靴の下で、砕けたガラスが嫌な音を立てた。

「っ、……あなたは、ジェンナを愛しているのではないのですか？」

「ええ、愛していますよ。ジェンナ以外は抱けない。身体が拒む。ずっとそう思っていました」

「ならば……」

「でも、エマ様なら大丈夫です。あなたなら抱ける。ふれたいと思える。それに……あなたを抱くのは復讐のためだから……ジェンナも許してくれるでしょう。私だって、自分を責めずにすみます」

そんな身勝手な理屈を述べると、カイルは扉に背をもたれ、ゆったりと腕を組んだ。

「……さあ、エマ様。殿下を救いたいのなら、どうぞ頑張ってください。私からは何もいたしませんから、あなたがその気にさせてくださいね」

「……わかりました」

エマは言い返すことなく、小さく頷いた。

――これ以上、話しても無駄でしょう。それに……。

チラリと窓の外に目を向けると、水平線から顔を出し、高度を上げつつある太陽が見える。

王宮では、もうすぐ朝食の時間だ。一刻も早く、クラウスの元に帰りたい。

――愛を見せろと言うのなら、見せてあげるわ。

心の中で呟いて、そっと胸を押さえると、エマはゆっくりとカイルに近付いていき、その足元に跪《ひざまず》いた。

「おや、口付けより先にそちらですか。手早く済ませたいのはわかりますが、どうにもムードに欠けますね」

「……これではその気にならないと？」

悠然と見おろす青年を上目遣いに睨みつけると、カイルは、いっそう愉快げに目を細めて、

「いいえいいえ」とかぶりを振った。

「どうぞ、エマ様のなさりたいようになさってください」

「……では、目をつむっていただけますか」

「はいはい、仰せのままに」

少しだけ震える声でエマが願えば、カイルは嗤いまじりに答え、両手で目を覆った。

「これでよろしいですか？」

「……ありがとうございます」

礼の言葉を口にして、エマは深く俯いた。

右手を下に、指は組まず祈るように手を重ね、ギュッと胸に押し付ける。

隠した釘の頭に指を引っかけて引き出し、尖《とが》った先を下に向けて指の間に握りこむ。

それから、左の手のひらをしっかりと右手の甲に重ねて補強すると、スッと息を吸いこみ、手を振り上げて――渾身《こんしん》の力をこめてカイルの右の太腿に打ちつけた。

「～～っ」

グラリとよろけたところでドンとぶつかっていく。

たまらずバランスを崩したカイルが横倒しになり、その手から短剣が飛んだ。

クルクルと弧を描きながら床を滑っていくそれを横目で追いつつ、エマは素早くノブに手をかけた。

必死にひねって扉をひらき、転げるように外に出たところで、左の足首に痛みが走って倒れこむ。

「きゃっ！」

「……逃がすものか！」

慌てて身を起こして振り向くと、扉の隙間から手を伸ばしたカイルが、憤怒の形相でエマの足首をつかんでいた。

「っ、放して！」

淑女の慎みがどうだとか考えている余裕はなかった。

エマはスカートの裾が乱れるのも気にせず、無我夢中でカイルの手を蹴りつける。

「――がっ」

そのうちの一撃がカイルの額にぶつかり、力がゆるんだところで、必死に振りほどいて立ち上がり、駆けだそうとして――。

途端、左の足首にズキリと響く痛みに、エマは顔をしかめる。

きっと今ので傷めたのだろう。

――おあいこね。

そんな場違いなことを考えながら、痛みを振り払い、前を向いて走りだす。

背後で扉が大きくあけ放たれる気配がしたが、振り返らずに進んだ。

部屋に来るときは角を二回曲がった。その通りに戻れば階段に出るはずだ。

一つ目の角を曲がって、もう一つの角が見えてくる。

――ああ、こんなに長い廊下だった……？

近付くカイルの気配と一歩ごとに強まる痛みに、ジワリと額に汗が滲んでくる。

それでも懸命に足を動かし続けたが、次の角に差しかかったときには、足音はすぐ近くまで迫り、足首の痛みも無視できないほどに強まっていた。

――逃げきれるかしら……。

そんな不安と焦りを胸に角を曲がって、玄関ホールの吹き抜けを囲う廊下に出たそのとき。

バンッと弾けるように玄関扉がひらいた。

ハッと顔を向けて見えたのは、青い夜空めいた色の宮廷服の上着をひるがえし、颯爽《さっそう》と踏みこんでくるクラウスの姿だった。

名を呼ぼうとエマが口をひらくのと同時に、彼が顔を上げ、その瞳にエマを捉える。

「エマ！」

「っ、クラウス！」

歓喜に震える声で呼び返した瞬間、「待て！」と苛立《いらだ》ちの滲む声が背後から飛んでくる。

ハッと振り向くと、いつのまにか後数歩というところまでカイルが迫っていた。

エマは階段に目を向け、察する。

——無理だわ。

階段を下りていては途中で捕まるだろう。

——どうしよう。

胸によぎる怯えと迷いを吹きとばしたのは、クラウスの声だった。

「エマ、こちらだ！」

ハッと顔を向けると階段の先、バルコニーのように張り出した二階ホールの下で、クラウスが両手を広げていた。

その姿を目にした瞬間、エマは考えるより早く、二階ホールに向かって駆けだしていた。

最後の力を振り絞って足を動かし、辿りついた手すりに飛びつき、手をかけ、膝をかけて身を乗り出す。

「来い、エマ！」

「はい！」

答えたときには飛んでいた。一瞬たりとも、ためらいなどしなかった。

クラウスならば、必ず受けとめてくれる。そう信じていた。

ふわりとした浮遊感、長い髪がなびいて――直後、愛しい人の手に落ちる。

ドン、と響いた衝撃にエマは息を詰める。

けれど、クラウスは危なげなくエマを受けとめると、腕の中にしっかりと閉じこめるように抱き締めた。

強く強く、エマの背骨が軋むほどの強さで。

「……エマ、良かった」

安堵に震える彼の声が、エマの髪をやさしく揺らす。

もう一度だけでも聞きたいと思っていた声に、感じたいと願っていた体温に包まれ、エマは胸がいっぱいになる。

「っ、ごめんなさい、クラウス、私、私のせいでっ」

「いい、謝るな」

エマの謝罪を、クラウスは強く掻き抱くことで遮った。

「君のことだ。私のためを思って何かしようとしてくれたのだろう。だから、謝らなくていい。

……悪いのは、君ではない」

やさしい口調から一転し、クラウスは厳しいまなざしを階上に向けた。

「っ、くそ！　どうしてこんなに早く！　いつ犯人が私だとわかったのです⁉」

二階ホールの手すりに手をかけ、カイルが憎々しげに問いかける。

「……君があのようなことを言うからだ」

「何のことです？」

「エマのことだ」

カイルを見据える瞳に青い炎めいた静かな、けれど深い怒りを燃やし、クラウスが答える。

「重圧が嫌で逃げだしたのかもしれない。食事を取らないのも、私への腹いせかもしれない。そのうち向こうから魔紋を解くだろうから様子を見てはどうか。そう言っただろう？　エマに捨てられたのだと私に思わせたかったのだろうが……」

そっとエマを横目で見やり、あらためてカイルを睨みすえてクラウスは続けた。

「却って、それで君を疑う気になった。逆効果だったな。エマはそのような女性ではない」

「っ、……ああ、そうですか！」

キッパリと告げられ、カイルの顔が悔しそうに歪む。

「五年も献身的に仕えてきた私の言葉よりも、たった四ヵ月抱いただけの女を信じるとは……あなたも陛下と同じ、恋に溺れる愚かな男だったというわけだ！」

「……何とでも言うがいい」

クラウスがスッと手を上げると同時に、玄関扉から駆けこんできた兵士たちが一斉に階段に向かう。

「っ、捕まってたまるか！　もう、誰にも私の人生を奪わせやしない！」

焦りを滲ませながら叫んだカイルが、クルリと踵を返して廊下を戻っていく。

大勢の兵士が怒号を上げてそれを追っていく様子を、エマはクラウスにすがりついたまま、固唾を飲んで見送った。

そして、ほどなくして、耳に届いたのは――。

「――飛び下りたぞ！」

先ほど出てきた部屋の方から聞こえた言葉に、エマは息を呑む。

頭に浮かんだのは、自分が必死になって板を外したあの窓。

エマが飛び下りるはずだったあの窓から、カイルは身を投げたのだろう。

自分の人生を誰にも渡さないために、自分で幕を下ろそうと。

シンと重苦しい静寂が玄関ホールに広がって――。

エマを抱くクラウスの手が微かに揺れたと思うと、背に回っていた右手が離れる。

「……クラウス？」

どうしたのかと顔を上げると、クラウスは左手でエマを抱いたまま、右手で口元を押さえていた。

もしやと思い、エマはそろそろと手を伸ばし、彼の右手に手を重ねて促した。

「……見せてください」

「……ああ」

形の良い唇がひらいて、そっと突きだされた舌。

いつかと同じように艶かしく濡れた赤色にドキリとして、パチリと目をみはり——それから、エマはくしゃりと目を細める。

黒々とした焼印のように刻まれていたあの魔紋は、跡形もなく消え失せていた。

「……おめでとうございます」

このような状況ではなく口にしたかったが、それでもエマは笑みを作って言祝いだ。

複雑な心境なのはクラウスも同じはずだ。

けれど、彼の苦しみが消えたことを、まずは祝ってあげたかった。

「……ありがとう、エマ」

エマの気持ちを汲んでか、クラウスもぎこちない笑みでそう返してきた。

「……クラウス」

あらためてクラウスと向きあってみると、いつもはきれいに櫛《くし》を通して整っている髪は乱れ、額にはいくつもの汗の粒が滲んでいる。

目の下にも、最近めっきり見かけなかった隈が浮かんでいた。

きっと昨日から一睡もせず、エマを捜してくれていたのだろう。

自分を置いて逃げたのではないと。エマを信じて。

そのことが嬉しくて愛おしくて、彼の背に腕を回して、ドンとぶつかるように思いきり抱き締める。

それに応えるようにクラウスの腕に力がこもり、息がとまりそうなほどの強さで抱き返されながら、エマは思った。

このまま契約が終わることになったとしても、きちんと言葉に出して想いを告げよう。

昨日の涙の理由も、身勝手な恋情もすべて。

ごまかさず取り繕わずに、伝えよう。

――たとえ、その結果、嫌われることになってしまったとしても……。

苦痛に耐えてまでエマを生かそうとしてくれた、迎えにきてくれたこの人に、心のすべてをさらけだそう。

――もう二度と偽らない。

そう誓いながら、エマは潤む瞳をそっと伏せ、愛しい温もりに身を寄せた。

第六章　もちろん、無期限で

すべてを告げると決めたものの、事件の後処理などで慌ただしく、クラウスとゆっくり話をする時間が取れぬまま、またたく間に三日が過ぎた。

あの後、カイルの身体は海から引き上げられ、そして——今日、流罪が申し渡された。

彼は死ななかった。

捜索の船に引き上げられたとき、カイルの呼吸はとまっていたが、陸に戻ってしばらくして息を吹き返したのだ。

人を一人殺《あや》め、王太子に呪いをかけ、王太子妃を監禁し危害を加えようとした。

極刑以外はありえない重罪だが、それでも、議会での意見は割れた。

この国では、一度呼吸がとまった者が息を吹き返すと、「主の導き」として特別視される傾向がある。

そして、それは罪人に対しても同様で、処刑の際に首に巻いた縄が千切れたり、後々に息を吹き返した場合は、王はその者に慈悲を示し、罪一等を減ずる習わしとなっているのだ。

刑の執行をしたわけではないにせよ、一度死んだ者をもう一度処刑するべきか。

廷臣の中でも信心深い者たちが「慈悲を」と訴えたため、最終的にはクラウスが決断を下し、カイルは流刑地に送られることとなった。

今夜故郷に移送され、明日の朝には港から船に乗って、遠い島へと旅出つ。

そして荒れ地を耕しながら、これから先もずっと失ったものを悔やみ、死ぬまでクラウスを恨み続けるのだろうか。

彼のしたことを思えば当然の報いだが、それでも、どうしてこの道を選んでしまったのかと、エマは少しだけ哀れにも思った。

――やりなおす道はなかったのかしら……。

五年間、クラウスのそばにいて、カイルの心は少しも動かなかったのだろうか。

侍従として、クラウスの人となりを誰よりも近くで見ていたはずの彼が、思いとどまれず、復讐心《ふくしゅうしん》を捨てられなかったことに、やりきれないような心地になる。

――最後に少しくらい、誤解がとけるといいのだけれど……。

エマは居室の窓から茜に染まる空をながめ、そっと溜め息をこぼす。

クラウスはカイルを見送りにいっている。そろそろ、モーガン領に着いた頃だ。

二人は、最後にどのような言葉を交わすのだろう。

それがクラウスの心を少しでも軽くするものであってほしい、と願わずにいられない。

彼はカイルの心の闇を見抜けず、救うことができなかったことに、きっと責任を感じているに違いないから。

今夜、クラウスが帰ってきたら、どれほど遅くなっても、どのような顔をしていても笑顔で迎えてあげたい。

そして同時に、そのときは、すべてを打ちあけるときでもある。

今朝、カイルの量刑について、クラウスから意見を求められたエマは答えた。

王として、それからエマの夫として、厳しい処分を下すつもりであろう彼の心を、少しだけでも和らげるために。

「主の御心《みこころ》など私にはわかりません。ですが、悪意からとはいえ、あの人が私をあなたと結びつけてくれたのは確かなのですから……そのことだけは感謝しています」と。

半ば告白めいた発言に、クラウスは僅かに目をみはった後、長々と考えこんでから、微かに表情を緩めて「そうだな」と頷いた。

「君と添わせてくれた礼として、罪一等減ずることとしよう」と。

それが彼の本心からだったのか、それともエマの思いを汲んでくれたのかはわからない。

けれど、その言葉を聞きながら、エマは今夜話をしようと決めたのだ。

＊　＊　＊

夜も更け、日付が変わろうとする頃。

遠慮がちなノックの後、内扉をひらいて入ってきた宮廷服姿のクラウスと窓辺で向きあい、月光に照らされた彼の表情を目にして、エマは頬をゆるめた。

「……カイルを見送ってきた」

そう告げた彼の目元には疲れの色が滲んでいるが、その瞳は冴え冴えと輝いていた。

「……最後に、きちんと話ができたのですね」

「ああ。……手紙も渡してきた」

「手紙？」

「ジェンナからの手紙だ」

ポツリと呟かれた言葉に、エマは小さく息を呑む。

「それは……カイル宛ての返信ですか？」

「ああ。それから……私宛てのものも、すべて渡した」

「クラウス宛ての？」

どういうことなのかと首を傾げるエマに、クラウスはフッと眉を曇らせて答えた。

「……ジェンナは、カイルへの手紙に『愛している』『私を助けられるのはあなただけ』と書きながら、私には『すべてはカイルにそそのかされてやった』と主張していたのだ」

罪人の手紙は当然、検閲される。

ジェンナの手紙を目にしたクラウスは、それを読んだカイルが牢を破ってでも彼女を助けようとするかもしれないと案じたのだ。

「だから、私の手元で差しとめていたのだが……一向にカイルが助けにこないことに焦れたのだろう」

ジェンナのカイル宛ての手紙は、段々と「どうして助けてくれないの」「裏切者」「役立たず」と責め立てるような内容に変わっていったそうだ。

「最後の一通は、口に出すのもはばかられるような、ひどい言葉ばかり書かれていた……」

「それを、カイルは読んだのですか」

「ああ、すべてな」

「……何と言っていましたか」

「こんなの嘘だ、と……すぐには受け入れられない様子だった」

けれど、手紙の束を忙しなく入れかえて目を通していくにつれ、譫言《うわごと》めいた否定の声は段々と小さくなっていって。

最後には手紙の束を抱き締めて、「でも……間違いなく、ジェンナの字です」と一粒の涙をこぼして受け入れたという。

「……騙されていたと、理解してしまったのですね」

「ああ」

苦い笑みを浮かべて、クラウスが小さく頷く。

エマは「そうですか」と頷き返しながら、ふと胸に浮かんだ疑問を投げかけた。

「……五年前に、その手紙を渡さなかったのは、どうしてなのですか?」

ジェンナが刑に処された後、すぐに渡していれば、カイルは今回の事件を起こさずにすんだかもしれない。

クラウスもそのことは理解しているのだろう。

「渡すべきだったと今では思っている」と呟いた後、そっと息をついて「だが」と続けた。

「……彼は傍目《はため》からでもわかるほどに意気消沈していた。自分の判断を心から悔いているようにも見えた。『君は騙されていたのだ』と伝えた際、苦しそうにはしていたが、『彼女のことは忘れて、人生をやり直すつもりで頑張ります』と言われて……事実を受けとめてくれたのだと思ってしまった」

「……だから、心ない手紙を見せて、追い打ちをかける必要はないと思ったのですか?」

やさしい人だから。ジェンナとの最後の面会を許さなかったのも、きっとカイルを守るためだったのだろう。

会わせれば、カイルが傷付くと思ったに違いない。

「……そうだ」

小さく頷き、クラウスは悔やむように睫毛を伏せた。

「……私は判断を間違えた。すまないことをしたと思う」

クラウスは、きっとカイルにも、そう告げて頭を垂れたはずだ。

罪は罪として、その責任の一端は自分にあると。

「その言葉を聞いて、カイルは何と……？」

エマの問いに、クラウスは窓の外に輝く月に視線を投げて、ポツリと答えた。

「……『あなたのその正しさが嫌いなんです』と言われた」

そして、小さく溜め息を一つこぼすと、微かに唇の端を上げて続けた。

「それきり、目を合わせてくれなかったが……別れる間際、『その正しさでこの国を導いてください』とも言ってくれた。その言葉には応えたいと思う。たとえ、復讐のためだったとしても、この五年間、彼は本当によく仕えてくれたからな」

「……さようでございますか」

カイルは、その言葉をどのような気持ちで口にしたのだろう。

もしかすると、そのとき、彼は復讐者からクラウスの侍従に戻ったのかもしれない。

「では、ご立派な君主となって、その姿をいつか……見せられたらいいですね」

「……ああ、そうだな」

即位の際には、広く恩赦が実施される。

そのときに、カイルも王都に戻ってこられるかもしれない。

――そうなったら、今度こそ、やりなおしてほしい。

そんなことを思いつつ、しばらくの間、もの寂しいような沈黙を二人で分けあった後。

エマは、ふうと息をつくと、スッと背すじを伸ばして、クラウスとあらためて向きあった。

「……クラウス」

彼の呪いは解け、エマの役目もここまでだ。

すべて終わったのだという安堵と深い寂寥《せきりょう》感が胸にこみあげ、目の奥がジワリと熱くなるが、強いて笑顔を作って告げる。

「……これで契約満了ですね」

まばたき一回分の間を置いて、クラウスが口をひらく。

「……ああ、そうだな」

静かな声がエマの胸に響く。

その後に続く言葉は何だろうと耳を澄ませながら、いつ想いを告げようかと、タイミングを計る。

「この四カ月の間、本当に君には世話になった。心から感謝する。また、私がカイルの恨みを買ったことで、多大なる迷惑をかけたことを詫びたい」

「そんなっ」

謝ってもらう必要などないと告げようとして――。

「そして、ずっと嘘をついていたことも」

クラウスが続けた言葉に、エマは「え？」と首を傾げることとなった。

「……嘘？」

「ああ、嘘だ。私はずっと君を騙していた」

「騙していた……？」

いったいどういうことなのかと目顔で問うと、クラウスは深い溜め息を一つこぼしてから、覚悟を決めたように表情を引き締め、エマと向きあい告げた。

「初めて会った日から、私は君に恋をしていた」

凛とした声が耳を打ち、エマは唖然となる。

そして一呼吸、二呼吸の間を置いてから、ジワジワとこみ上げてくる歓喜と戸惑いに揺れる声で尋ねた。

「でも……ですが、できれば君だけは選びたくなかったと……」

あの言葉は何だったのかと問えば、クラウスは恥じ入るように睫毛を伏せた。

「あれは、私の心の弱さから出た言葉だ……君を選べばきっと、私は父のように恋に溺れる。そう思ったから、君だけは選びたくなかったのだ」

そう言って両手で目元を覆い、深々と息をつくと、クラウスは語りはじめた。

「……母と父のことは知っているだろう？」

「はい」

「母は父の愚行を黙認しながらも傷付いていた。当然だ。だから、幼い頃からよく言われた。『あなたは陛下とは違うわよね』と、そのたびに私は答えた。『はい、私は決して父上のようにはなりません』とな……けれど、成長するほどに父に似ていく私に、いつしか母は嫌悪と疑いの目を向けるようになった。この男も父親と同じ、いつか愚かな恋に溺れるに違いないと……だから、私は母の信頼を得るために学問と政務に邁進《まいしん》した。私は色恋に溺れたりしない、立派な王族として生きるのだと証明するように……」

けれど、結局は無駄だったのだ——とクラウスは寂しそうに呟いた。

「十八の誕生日の少し前のことだ。母に新しい侍女が付いて、その娘の名を尋ねた。特に深い意味などなく、初めて見る顔が気になったからだ。すると母はひどく嫌そうな顔をして答えた。『あの子はあなたの運命の恋人ではありませんよ。婚約者がいます』と……」

「……そんな」

つまり、王妃はクラウスの努力など、まるで見ていなかったのだ。

そのときの彼が感じた痛みを思い、エマはギリリと胸が締め付けられるような心地になる。

「その瞬間、私は悟った。どれほど頑張ったところで無駄なのだと……」

ふ、と息をつき、クラウスは手を下ろしたが、その目は閉ざされたままだった。

「……母に祖国での静養を勧めたのは、父の傍を離れて少しでも安らぎを得てほしいと思ったこともあるが、それだけではない。これ以上、あのような目で見られたくなかったからだ」

そう言って、ゆっくりと目蓋をひらいたクラウスの瞳には深い悲しみと寂寥感、そして自嘲の色が滲んでいた。

「母を見送ったとき、私はあの人に向かって捨て台詞めいた誓いを吐いた。『あなたが見張っていなくても、私は父上のようにはなりませんから、どうぞご安心ください』とな……実に子供っぽい意趣返しだ。心の狭い男だろう?」

「そんなことっ、それくらい言っても罰は当たりませんわ！」

半ば憤慨しながらエマが答えると、クラウスはパチリと目をみはり、それから再び両手で目を覆ってしまった。

「やさしいな、君は」

ポツリと呟く声は嬉しげでもあり、後ろめたそうでもあった。

「……とにかく、私は母に誓った。だが、その誓いはいつしか私を縛る枷《かせ》となっていたのだ。父のようにはならない。なってはいけない。愛や恋に溺れたりなどするものか。父に同類だと思われるのも、母にそれ見たことかと呆れられるのもごめんだ。私は王として国と民のために生きる。妻も色恋の感情など交えず、共同施政者として選ぶのだ。そう決めていた」

自分に呪いをかけるように淡々と続けて、ふと言葉を切ると、クラウスはまた一つ溜め息をこぼし、唇の端を歪めて吐き捨てた。

「それなのに……私は結局、あの男の子供だった」

そして、ゆっくりと手を下ろすと、許しを乞うようなまなざしをエマに向けた。

「……エマ、四年前の舞踏会で君を見た瞬間。私は一目で惹《ひ》かれてしまった」

「え？」

「あの場に並んだ女性たちの中で、君だけが鮮やかに、瑞々《みずみず》しく色付いて見えた。どうしてだろうな、皆、同じ白いドレスをまとっていたのに……君だけが春の女神のようだと思ったのだ。その息吹《いぶき》に、温もりにふれてみたいと……」

「……クラウス」

切々と語られるのは愛の告白に他ならないのに、深い青の瞳はひどく苦しそうに細められていて、エマはかける言葉に迷い、ただ、そっと励ますように彼の手を取った。

クラウスは一瞬ビクリと身を強ばらせ、それから、そろそろとエマの手を握り返すと、告解に戻った。

「私は心から自分に失望した。結局、私も父と同じなのだと。だから、君だけは選ばないようにしようと思った。一目見ただけで惹かれてしまったのに、傍に置くことなどとてもできない。そのくせ、なんやかやと理由をつけては王太子妃候補を選ぶのを先延ばしにしていたのは、君を忘れられなかったからだ……君が誰かに嫁いだと聞くまでは、諦められなかっただろう」

「……そう、だったのですか」

「ああ。私はどうしても、運命の恋になど溺れたくなかった。だから、君を娶るにあたって、歯止めとして契約書にも記したのだ。君に恋をしてはいけないと思ったから……」

「……あの禁止事項は、そういうことだったのですね」

「そうだ。とはいえ何の意味もなさないどころか、最初から違反していたわけだが……」

クラウスはエマを女性として愛する気がなかったわけではなく、自分の心を縛るため、あの条項を設けたのだ。

そうでもしないとエマへの想いを抑えられないと思ったから。

その不器用なまでの生真面目さが哀れで、そして、愛おしいとエマは思った。

「……初めて君が王宮に来た日、晩餐で私に微笑んでくれたあの瞬間から、私の恋はとめられなくなってしまった」

クラウスは凛々しい眉をひそめて悩ましげに溜め息をこぼし、エマの手を握る手に力をこめ、瞳に熱を宿して訴える。

「肌を重ね、君の人柄を知るほど、日に日に想いが募っていくのがわかった。好きになってはいけないのに……恋に溺れれば、あれほど軽蔑していた父と同じになってしまう。それに……」

ふと言葉を切り、バツが悪そうに目をそらしながら、クラウスはボソリと呟いた。

「君は私を哀れんで求婚を受け入れてくれただけで、男として好いてくれているわけではないのだから、勘違いして迫ってはいけないとも思っていた……」

予想だにしない言葉にエマは「えっ」と目をみはる。

「そ、そのようなことを考えていらしたのですか……？」

「ああ。けれど……式の夜、もしかすると、君も少しは私を男として欲してくれているのではないかと思えた……だから、少しくらいなら許されるかと思ったのだ。君から求めてくれるのならば契約違反ではない。君の要望に応えるだけならば大丈夫、許されるはずだと……」

つまり、あの許しめいた微笑は、エマに対してではなく自分に対してだったのか。

「だが、アルロ・ミラーが見つかったときの君の反応で、君の私への想いは、私が期待していたほどの感情ではなかったのだと知った。あっさりと笑って別れてしまえる程度のもので、君は契約が終わるまではと割りきって親しくしてくれていただけだったのだと……期待が外れて落胆したのは私の方だ」

「そんなっ」

「そうだ、そんな資格などないのにな」

クラウスはエマの言葉を引き取り、自嘲の笑みを浮かべる。

「エマ、私は君が思ってくれているほど、清廉潔白な男ではない。臆病で強がりで身勝手な人間だ。ずっと君に不誠実な真似をしてきた私が、このようなことを頼むのは図々《ずうずう》しいとわかっている。それでも……」

エマの手を握るクラウスの手にすがるように力がこもる。

そして彼は、深い青の瞳に真摯な光を灯し、エマを見据えて乞うた。

「君以外はもう選べない。だからどうか契約を更新して、このままずっと傍にいてくれ」

どうしてここで契約更新という言葉が入るのか。

まっすぐで生真面目で、ほんの少しだけ不器用な愛の告白にエマはパチリと目をみひらき、ジワジワと細めていくにつれ、その瞳に涙が浮かんでくる。

「っ、エマ……?」

自分の言葉で泣かせてしまったと思ったのだろう。

クラウスが悲痛に顔を歪め、焦ったように声をかけてくるのを遮り、エマは口をひらいた。

「私も、告白します……っ」

「え?」

「私も最初からあなたが好きでした！　けれど、あの禁止事項を読んで、あなたに女性として望まれていないと思ったから、想いを伝えてはいけないと隠していました！　アルロ・ミラーが見つかった夜も本当は別れたくなかったけれど、あなたに嫌われたくなかったから、物分かりが良いふりをしました！　泣いたのは……泣いたのはっ」

言いたくないと卑怯《ひきょう》な自分が抗うが、エマはそれを振り切り、声を張り上げた。

「あなたの呪いが解けなかったのに、あなたとこれからもいられるのが嬉しくて、そう思ってしまった自分の浅ましさに絶望したからです！　カイルについていったのも、あなたを助けてよく思われたかったから！　私はずっと、ずっと、身勝手なほどあなたが好きでした！　好きになり続けていました！　今も、とても愛しく思っていますっ！」

思いの丈を一気に告げおえて、エマは大きく肩で息をつく。

先ほどのエマのように唖然と目をみはり、聞き入っていたクラウスは、ゆっくりと目を細め、不意に、くしゃりと顔を歪めた。

「……そうか」

「……はい」

「では……君も、私を想ってくれているのだな」

「はい、ですが……」

あまりきれいな感情からではないと言い返そうとしたところで、クラウスが一歩前に出て、エマを掻き抱き、黙らせる。

「それだけで充分だ」

「……本当に？　こんな私でも、よろしいのですか？」

許してもらえるのだろうか。不安げに問うエマに、彼はためらいなく頷く。

「ああ。だから、答えを聞かせてくれ」

「答え」

「契約の更新についてだ」

エマはパチリと目をみはり、それからそろそろと彼の背に手を回し、唇をひらいた。

彼が許してくれるというのなら、もちろん、答えは決まっている。

「……更新します」

「期限は」

「もちろん、無期限で」

そう告げると、クラウスは一瞬グッと息を詰め、こみ上げる激情を抑えるように深々と息をつくと、エマを抱く手にやんわりと力をこめた。

「……ありがとう」

そして、少しのためらいを挟んでから、エマの耳元で囁いた。

「今日だけ……今夜だけは、契約を破ってもかまわないか」

「え?」

「今夜は、君を抱きたい」

熱を帯びた声が耳をくすぐり、小さくエマは息を呑む。

初めての誘いに、彼の熱が移ったようにジワリと耳たぶが熱くなり、それは頬に、首すじへと広がっていく。

「……やはり、契約違反はダメだろうか？」

「いえ……」

後ろめたさと焦燥の滲む声で問われ、エマは赤らむ頬を隠すように彼の肩に顔を伏せ、そっと答えた。

「違反ではありませんわ。……私の……妻の望みを叶えるのは、夫の義務ですもの……私も、あなたに……今夜は抱かれたいです」

許しを出すように告げれば、クラウスはまた息を詰め、気持ちを落ちつけるように深く息を吐いて——直後、何かをかなぐり捨てるようにエマを抱き上げると、駆けるほどの勢いで寝台へと運んでいった。

寝台に横たえられたと思うと、覆いかぶさってきたクラウスに唇を奪われる。

「……エマ、……エマ」

口付けの合間に熱の滲む声で名を呼ばれながら、急いた手付きでガウンを剥《は》がされ、シュミーズを肩から引き下ろされていく。

名を呼び返したくとも唇をひらくたびに塞がれ、吐息に紛れて音にならない。

エマを脱がせおえると、クラウスはすぐさま自分の服に手をかけ、上着から腕を引き抜き、ベストとシャツのボタンをもどかしげに外していく。

いつになく乱雑な手付きに、少しでも早く抱きあいたい、という彼の昂ぶりが伝わってくるようでエマは鼓動が高鳴るのを感じた。

シャツの前がはだけられて見えた彼の身体は、割れた腹部や引き締まった脇腹に無駄な肉がないのは変わらないが、最初に抱きあったときよりも全体的に厚みが増し、精悍な色香が滲《にじ》み出《で》ている。

最初の彼の身体が禁欲的な修道兵のようだとしたら、今の彼は正統なる騎士だろうか。

どちらも違った美しさがあるが、今の健やかな身体の方が好きだとエマは思う。

早く、何も隔てることなく抱きあいたい。

そんな思いで口付けに応えていると、ベストとシャツをまとめて脱ぎ捨て、最後にトラウザーズの前立てのボタンを外したところで、ふと何かに気付いたように彼の動きがとまった。

「……そうだ。忘れていた」

「え？」

「これのことだが……」

そう言ってクラウスが手を這わせたのは、エマの下腹部に浮かぶ淡い金色の紋様だった。

「ん、そういえば、これはもう必要ないのですよね……？」

ザクロの枝葉と花を指先でなぞられ、エマはくすぐったさに身じろぎつつ尋ねる。

「ああ。解き方と書き換え方を教わってきた」

「解き方と、書き換え方ですか？」

「そうだ。……本来の形に戻す方法をな」

「本来といいますと……」

「淫紋だ」

ポツリと告げられ、トクリとエマの鼓動が跳ねる。

「っ、……そうでしたわね、何だか忘れておりましたわ！」

これは本来、そのような使い方をするものなのだ。

ごまかすように微笑むエマに、クラウスは静かに問うた。

「それで、どちらがいい？　君の希望に従おう」

「ど、どちらと言われましても……っ」

本来の用途に戻せば、これからは栄養を分けあう代わりに、「快感」や「性的興奮」を分けあうことになる。

——つまり、私が今こうしてドキドキしていることも、ぜんぶ伝わってしまうのよね？

身体の疼きも昂ぶり具合も、何も隠せなくなってしまう。

——そんなの恥ずかしすぎるわ……！

けれど、とエマは答えに迷う。

解くとなったら方法は二つしかない。

どちらかが薬で仮死状態になるか、他の誰かと身体を繋げるか。

——どちらも嫌よね。

となれば、淫紋に書き換えるほかないのだろうか。

——うう……今のままでは、ダメなのかしら。

元々、栄養を分けあうだけの魔紋だ。互いに一人分の食事を取っていれば、害はないのではないだろうか。

頬をほてらせながらグルグルと迷っていると、答えを促すように口付けが落ちてくる。

「……エマ」

ジワリと甘さを含んだ声で名を呼ばれ、エマはパチリと目をみひらく。

「っ、はい」

「恋人たちの間では、これは互いの想いを伝えあう、愛情の証だと言われているらしいな……」

「そう、ですね」

「……できるなら、私は、君の想いを感じてみたい」

深い青の瞳に抑えた熱を滲ませながら、彼の想いを伝えるように魔紋を指先でなぞられて、断れるはずもない。

「エマ、答えを聞かせてくれ」

「……書き換えで、お願いします」

エマはクラウスの望む通りの言葉を返すほかなかった。

「……わかった。ありがとう」

満足そうに微笑むと、クラウスはトラウザーズのポケットから、二枚の紙片を取りだした。

薔薇の花びらほどの大きさのそれは、色も艶やかな薔薇色をしている。

「……それは？」

「書き換え用の術式が組みこまれたものだ。これを互いの魔紋に当てると、発動する」

そう言うなり、クラウスはまず自分の腹に一枚あてがい、次いで、エマの腹に薔薇色の紙片を載せた。

その瞬間、魔紋が金色の輝きを放ち、いつかと同じようにジワリと熱を持つ。

「……ぁ」

思わず小さく声を上げたところで、互いの紋様が変わりはじめた。

ザクロの枝葉はそのままに蕾はほころんで花となり、咲いていた花が実を結んでいく。

――すごい。

目をみはって見入りながら、クラウスの方はどうかと視線を向ける。

くっきりと割れた腹筋の上に蜜蜂が一匹、その左右に蜜蜂の飛行軌跡をイメージしたらしき波模様が左右対称に広がっている。

「……君の方は変化がわかりやすいな」

いまだ書き換わり続けるエマの紋様を視線でなぞり、クラウスが微笑む。

「そうですね。クラウスの紋様は……どこが変わったのですか?」

一見すると変化がないように見える。

「そうだな……見てもわからないと思うが、蜂に針ができたようだ」

「以前はなかったのですか?」

「なかった」

「それは確かに――っ」

笑い混じりに答えようとしたそのとき、魔紋の書き換えが終わったのだろう。

金色の光が鎮まり、ふわりと消えた瞬間、エマは言葉を失った。

――え……なに、これ?

下腹部からこみあげてくる狂おしいほどの熱と衝動に、ふるりと身を震わせる。

「っ、ぁ、――ふ、ぅ」

またたく間に息が乱れていく。

目の前の身体にすがりつき、抱き締めたくて仕方がない。

胎の奥が掻きむしりたくなるくらい、ズキズキと痛みを覚えるほどに疼き、ふれてもいない蜜口がひくりと蠢《うごめ》いて、トロトロと蜜をこぼしはじめるのがわかった。

急激な変化にエマは混乱しながらも、クラウスは大丈夫かと慌てて様子を窺い、え、と目をみはる。

彼は少しばかり目元を染めてはいるが、特段乱れた様子はなかったのだ。

「っ、あ、あの、クラウスは……大丈夫なのですか？」

こわごわと声をかけると、エマの魔紋に視線を向けていたクラウスがゆっくりと顔を上げる。

「そうだな、以前とあまり変わらないが……いつもより温かい気がする。これが君の想いなのだな」

淡く微笑みながら告げられて、エマは「え？」と耳を疑う。

――以前とあまり変わらないって……どういうことなの？

二人の感覚をわけあっているはず、エマと同じ状態になっているはずなのに。

けれど、クラウスに嘘をついている様子はない。

「……エマ、どうした？　君は違うのか？」

不思議そうに問われたところで、エマは、あ、と思い至る。

以前とあまり変わらない、という言葉の持つ意味。

それはつまり、彼は「以前」から「いつも」このような強い衝動をエマに対して抱いていたということなのだ。

エマでは耐えられないほどの強い強い渇望を。

強い忍耐と自制をもって抑えこんでいただけで、ずっとエマを欲してくれていた。

そう理解した瞬間、かああっと頬どころか全身が熱くなるのを感じた。

「……私は……そうですね。いつもより、ドキドキしております……っ」

答える声が上ずる。

嬉しくて恥ずかしくて、そして、愛おしくて、今すぐに彼が欲しくて堪《たま》らない。

「そうなのか……女性の方が効能が強く出るのかもしれないな」

「っ、そうかもしれませんね」

ふふ、と笑い返したところで、もう限界だった。

すがりつくように彼の首に腕を回して引き寄せると、クラウスは一瞬目をみはり、キュッと細めると覆いかぶさってくる。

「……ああ、エマ」

軽く唇が合わさり、離れたところで、ジワリと魔紋の熱が増す。

「ん、魔紋が温かくなった……気がするな。君も求めてくれているのか?」

嬉しそうに目元をほころばせ、頬を撫でながらクラウスが囁く。

エマは温かいという言葉では文字通り生温《なまぬる》い、身内からこみあげる熱に息を喘がせつつも、小さく頷いた。

「……そうか。では、君の望み通り、存分に与えさせてくれ」

そう言うと、クラウスは目を閉じて、口付けに戻った。

ゆっくりと重ねては離れて、もどかしさに吐息をこぼせば濡れた舌が唇のあわいに潜りこんでくる。

舌と舌がふれあった刹那、淡く甘い痺れが頭の裏側に響いた。

口付けが深まるほどに、魔紋が熱を帯びていく。

——ああ、こんな……こんなに？　口付けだけで？

以前とはまるで違う。滾《たぎ》るほどの熱が常に下腹部で渦巻いているようで、少しの刺激が過剰なほどに心地よく感じられる。

同時に、いつもと行為自体は変わらないはずなのに、一人でどんどん高まっているようで、恥ずかしくもあった。

ちゅくちゅくと舌を絡めながら、うっすらと目蓋をひらいたところでクラウスと目が合い、エマは目をみひらく。

いったい、いつから見ていたのだろう。

羞恥に瞳を潤ませると、彼の目が愛おしげに細められて、魔紋の熱がいっそう高まると同時に強く抱きしめられる。

ゴリ、と互いの下腹部がこすれあった瞬間。

「っ、ぁ、〜〜っ」

エマは達していた。

ふるりと震える身体に、エマが果てたことに気付いたのだろう。

クラウスは驚いたように目をみはり、それから、フッと口元をほころばせた。

「……口付けだけで果てたのか？」

ジワリと甘さの滲む声で嬉しそうに囁かれると同時に、下腹部に滾るほどの熱が生まれる。

――嘘……まだ、熱くなるの？

「……エマ」

「っ、はい」

「君を存分に愛してもいいのなら、頼みがあるのだ」

「頼み……」

オウム返しに答えながら、エマは小さく喉を鳴らす。

この状態でされる「頼み」がどのようなものかわからないが、本能は警鐘を鳴らしていた。

「……何でしょうか」

「最初の夜、私で学びたいと言ってくれたな」

「は、はい」

「君に倣《なら》って、私も君で……いや、君を学びたいと思う」

そう囁く声は落ちついたものだったが、下腹部の紋様から伝わってくる変化で彼の気持ちが高まっていることがわかって、エマは小さく身を震わせる。

「っ、学ぶのですか、私で？」

「ああ。私も、こういったことは閨教育で学んだきりだったから……今までは充分によくしてやれなかっただろう？　負担ばかりかけているのではないかと、いつも申しわけなく思っていたのだ」

「そ、そんなこと……！」

確かに最初のとき、受け入れてからは少し辛かったが、それまでは未知に次ぐ未知の快楽に翻弄されるばかりだった。

二度目からは、「よさ」しかなかった。

あれで「充分」ではないというのなら、この国の夫のほぼすべてが充分な悦びを妻に与えていないことになるに違いない。

「不満など感じたことはありませんわ！」

「そうか……だが、私はもっと知りたい。君の悦ばせ方を知るのも、夫として大切な務めだと思うのだ。だから、頼む、エマ。君を教えてくれ」

静かな、けれど確かな熱の滲む声で乞われ、エマは嫌とは言えなかった。

「……わかりました」

口付けだけでこれほど乱されている今、存分に愛されてしまったら、どのような醜態を晒《さら》すことになるか。

恐ろしくて仕方がなかったが、それでも、愛されたい、愛しあいたいという欲望には勝てなかった。

「……ありがとう」

クラウスが興奮を抑えるように奥歯を噛みしめ、小さく息をつく。

その瞬間、いっそう魔紋の熱が高まって、エマは、ふ、と息を詰め、また一つ、ふるりと身を震わせた。


そこからは甘美な拷問めいた時間のはじまりだった。

最初は口付け。

唇にではない。頭の天辺《てっぺん》からつま先まで、どこにされるのが、どんな風にされるのが好きか確かめられた。

耳たぶから首すじ、鎖骨、二の腕、肘の裏、指先までいった後、指の間を小指から親指まで順繰りに舌先でくすぐられ、舐められ、食まれて。

信じられないことにそれで軽く果てた。

手のひらを唇でくすぐられるのも意外なほどに心地よかった。

両手への責めが終わったなら、喘ぎに上下する胸に彼の唇が落ちてくる。

たぷりと乳房をすくわれ、薔薇色に色付く頂きとミルク色の肌との境目を執拗《しつよう》に舌先でなぞられ、エマはもどかしさに身悶えた。

ぷくりと立ち上がった胸の先に、ようやく舌がふれたときには、わざとらしいほどに身体が跳ねた。

そのままチロチロと舐めまわされ、ぢゅ、と吸われて、軽く歯を立てられて。

何度か「どれが好きか」と聞かれたが、エマは「どれも好き」としか答えられなかった。

胸で二度ほど果てて、それから、クラウスは身体の曲線を唇で辿るようにエマの肌を伝い、狂おしいほどに疼く場所の傍らを過ぎて、太腿から膝、つま先まで下りていった。

そこはさすがに汚いからやめてほしいと訴えたが、「では、口付けだけ」と言われてつま先や足の甲に繰り返し唇を押し当てられ、花びらのような赤い痕を付けられた。

「……ああ、君の肌はどこも薄くて、やわらかいな」

そんな肉食獣めいた感想が耳に届くと同時に、くるぶしに歯を立てられ、それからクルリとひっくり返された。

ふくらはぎ、膝裏、太腿の付け根へ、上へ上へと辿られる。

その結果、膝から下は裏の方、膝から上は表の方が弱いのだと、エマはきっと一生知る必要がなかった自分の秘密を知ることとなった。

次は背中だ。ギシリとクラウスがエマの腰を跨《また》ぐように覆いかぶさってくる。

肌がふれずとも伝わってくる体温と逞しい身体の気配に、エマは下腹部に痛いほどの疼きが走るのを感じた。

魔紋の熱も高まる一方で、先ほどからずっと身体の中から炙《あぶ》られているようだ。

「……ふっ、ふっ、ふぅ」

背にかかるクラウスの呼吸は、いまだ荒いというほどのものではない。

それなのに自分だけが夏場の犬のように息を切らしていることが恥ずかしくて、エマは枕元に手を伸ばし、たっぷりの詰め物がされた枕を引き寄せ、顔を埋めて声を殺した。

俯いた拍子にサラサラと髪が敷き布に流れ、剥きだしになったうなじに彼の唇がふれる。

それから、ふれるかふれないか、羽根ぼうきでくすぐるような力加減で背骨をなぞったかと思えば、肩甲骨のくぼみに舌を這わされ、ゾクゾクと肌が粟立《あわだ》つような淡い快感にエマは何度も身を震わせた。

——もう、ダメ……これ以上は……っ。

大きな絶頂こそ三度ほどだが、小さなものは数えきれないほど重ねている。

火にかけられた鍋の蓋が、ずっと小さく浮いてカタカタと鳴り続けているように、ふわふわとした高みから降りられない。

そして、ここにきてようやくエマは理解しつつあった。

この責め苦はエマがどれだけ果てても終わらない。

少なくとも魔紋の疼きだけは、クラウスが果てるまで鎮まらないだろうと。

——もう、先に進んでほしい。

エマは荒く息をつきながら、どうすればそうしてもらえるかと快感に蕩けかけた頭で懸命に考える。

直截《ちょくせつ》にねだれば彼はきっと喜んで応じてくれるだろう。

けれど、何と言えばいいのかがわからない。

——入れてください、では、ダメかしら……?

そう思い口をひらきかけ、そっとつぐむ。

もしも、そうねだって「何を」「どこに」などと生真面目な彼に聞き返されてしまったら、羞恥で息がとまりそうだ。

となると、言葉でダメならば行動で示すしかない。

「……クラウス」

上擦る声で呼びかけると、エマの白い背を啄《ついば》み、紅《あか》い花を散らす植栽《しょくさい》作業に勤《いそ》しんでいた彼の動きがとまる。

「……どうした、エマ」

はじまった頃よりもいくぶん蕩けて熱が増した、けれど、いまだ平静を保ったままの口調で問われる。

声だけを聴くならばまだまだ余裕がありそうだが、それでも、下腹部に渦巻く、滾るような熱が彼の本心を伝えてくれていた。

――大丈夫……クラウスだって、本当はもう先に進みたいはず……。

だから、これからエマがすることだって、呆れたりせずに許してくれるはずだ。

そう自分に言いきかせながら、エマは、そろそろと膝を立て、腰を持ち上げていった。

エマが何をしようとしているのか察したのだろう。

背後でクラウスが息を呑み、スッと身体を離す気配がした。

二人の間で暖まった空気がふわりと渦巻き、夜に溶けて、肌寒さを感じたのは一瞬。

「……もう、お願い」

腰だけを上げた猫のような姿勢になり、かすれた声でねだる。

それと同時に、さらけだしたそこに熱いほどの視線が突き刺さって――実際の熱が下腹部の魔紋で弾けた。

「～～っ」

エマは一瞬何が起こったのかわからなかった。

ふれられてもいない脚の間がひくつき、壊れたように蜜を吐きだして、ガクガクと震える腿の内側を伝い落ちていく。

見られただけで果てたのだ。

そう気付いたときには、がしりと腰をつかまれて、「すまない」というクラウスの呟きが背に降ってきたと思うと、猛る雄に貫かれていた。

ふくれ上がった灼熱の肉塊がドロドロに蕩けた隘路《あいろ》を押し広げ、最奥に突き刺さる。

「っ、ぁあああっ」

ずん、と胎に響く衝撃に目をみひらくと同時に、また魔紋の熱が弾けて、エマの喉から悲鳴じみた嬌声が迸る。

その声に我に返ったのか、今しも激しく抜き差しをはじめようとしていたクラウスの動きがピタリととまった。

腰に食いこんでいた彼の指から力が抜け、なだめるようにそうっとエマの背を撫でる。

「……すまない、エマ。自分を抑えきれなかった。痛みはないか?」

心から悔いるように問われ、エマは息を乱しながらも、ふるふるとかぶりを振る。

「っ、ないです、まったく」

「そうか、よかった」

クラウスはホッと安堵の息をつくと、あらためてエマの腰をつかみ直し、囁いた。

「もう大丈夫だ、落ちついた。きちんと君を悦ばせてやれると思う」

「――っ」

ある意味、脅しめいた言葉にエマが思わず身を震わせ、きゅうと彼の雄を締めつけると、は、と心地よさそうな吐息が背に降ってくる。

「ん……そのようにねだらなくとも、君の望むだけ、気がすむまで与えるから……どうかじっくり味わってくれ」

そう愛おしげに囁かれ、エマは、また一つ、ふるりと身を震わせる。

これから襲い来るであろう甘い責め苦への恐怖と期待で。

そして、ゆっくりとした抜き差しがはじまった。

クラウスは初夜で指を使ってしたように、彼自身でエマの中を探っていく。

「ぁ……はぁ、ぁ……ふ、っ」

みっちりと締めつけた体内で、ふくれあがった切先がどこにあるのかわかるくらい、もどかしいほど時間をかけて引き抜かれ、抜け落ちる寸前でとまり、またノロノロと押しこまれる。

それを十数度、いや、念には念を入れて数十度繰り返されれば、エマが強く反応するところがどこか、すっかり見つけだされてしまった。

「……よし、だいたいわかった」

動きをとめて、クラウスが満足そうに呟く。

「……待たせたな、エマ。これで君をもっと悦ばせてやれるはずだ」

誠意に満ちた処刑宣言の後、最初に責められたのは腹側の部分。今までに何度となく、彼の指で喘がされた場所だった。

エマの指ではギリギリ届かない、けれどクラウスの指ならば優に届く位置。指よりも遥かに長さのある雄ならば、なおさら楽に攻められる。

「っ、ひ、ぁ、ぁああっ」

より強く抉れるように上から角度をつけ、張り出した切先全体でゴリリとこするように突きこまれ、エマは情けなく蕩けきった悲鳴を上げる。

キュウとおなかの中が縮こまるような感覚、こすられた箇所からと尿意にも似た強烈な疼き、いや快感がこみあげてくる。

――いや、まだ一回なのに……！

このような強烈な刺激を何度も与えられたら、どうなってしまうのだろう。

ゾクリとエマは恐怖に身を震わせるが、クラウスはそれを催促と取ったようだった。

「ん、わかった……存分に楽しんでくれ」

仄かな――けれど確かな熱の滲む囁きと共に腰をつかみ直されて、エマは甘い狂乱の坩堝《るつぼ》に叩きこまれることとなった。

腰を引かれて押しこまれるたび、そりかえった切先がエマの泣き所を抉る。

ときおり速さを変えながら、エマが一番乱れる攻め方を探られているのが分かった。

ジワジワと高まっていき、やがて快感が弾ける。

それでもやむことのない刺激に、エマは敷き布や枕に爪を立てて身悶える。

疼きを抱えていたときも辛かったが、過剰なほどに満たされた今も、別の意味で辛い。

「ひっ、ぁ、ぁあぅ、ぅんっ、くう、ぁあっ」

おなかが熱い。ビリビリとした快感が一瞬もやむことなく響いていて、常に高みから降りられないような感覚だった。

身をよじって逃れようとしても、腰に食いこむ力強い手がそれを許してくれない。

エマはともかく、こんなやり方では彼の方はもどかしいだろうに。

――だって、ぜんぶ、入っていない。

クラウスの雄の正確な大きさはわからないが、少なくとも今の位置では、半分くらいはエマの外にはみだしているはずだ。

――このままじゃ、絶対、終わらないわよね……？

下腹部の魔紋がジリジリと熱を放ちながら、まだ、彼が満たされていないことを伝えてくる。

それでも、クラウスは自分の快楽など優先してはくれないだろう。

このまま夜明けまでだって、エマを悦ばせようと頑張ってくれるはずだ。

――だから、私から、言わないと……。

エマはこの甘い拷問を終わらせるために、震える手に力をこめて身を起こすと、クラウスの方を振り返りねだった。

「クラウス……っ」

「ん、何だ、エマ」

「もう、そこはいいから……奥にください」

途中で羞恥に耐え切れず目を伏せてしまって、彼の表情は見えなかった。

それでも、魔紋に伝わってくる痛いほどの熱が、クラウスもそうねだられるのを待ち望んでいたのだと教えてくれた。

「……わかった」

クラウスは昂ぶりを抑えるようにかすれた声で答えると、腰から手を離し、グルリとエマの腹に手を回した。

そして、逃げられないように抱きかかえてから、半端に埋めこんだ雄をズズッと引き抜き、抜け落ちる寸前でとめて。

――ぁ、来る。

エマが身構えると同時に、一息に叩きこんできた。

「～っ、ひ、ぅ、ううっ」

ぐちゅんと最奥を叩《たた》き潰《つぶ》され、快感が爆ぜる。

そのまま胎の入り口をグリグリと切先で捏ねられ、これ以上ないほど深いところから響いてくる悦楽に、エマの喉から喘ぎと言うよりも呻きに近い声がこぼれる。

わずかに彼が腰を引き、奥への圧迫感がゆるんだかと思えば、ホッと息をつく暇もなく再び強く突き上げられた。

「ああっ、ひ、あっ、あ、ぅう、ぁあああっ」

猛々《たけだけ》しい律動は初めてのときならば痛みを覚えたかもしれないが、彼の雄になじみ、魔紋の熱で炙られた身体には狂おしいほどの快感しかもたらさない。

気付けば、エマは口を閉じることさえ忘れ、あられもない声を響かせていた。

「う、ぁあっ、ふ、ぁあ、くぅうっ」

嵐のように襲い来る快感をどうにかやり過ごそうと、両脚をきつく閉じ合わせる。

けれど、ギュッと力をこめたところで、いっそう咥《くわ》えこんだものの存在感が高まり、当然快感も高まってしまう。

あげく、「刺激が足りないのか?」と勘違いしたクラウスに膝をこじあけられ、花芯に指を這わされた。

ぶちゅりと花芯を指の腹で潰され、同時に奥を突かれて、頭が白く染まる。

「ひっ、――――!」

パカリと大きく口をひらき、声にならない声を上げた瞬間、脚の間から飛沫《しぶき》が散った。

ビクビクと痙攣《けいれん》するやわい襞《ひだ》が、咥えこんだ雄を食いちぎらんばかりに締めつけるが、それでもクラウスは動きをとめない。

もはや身体を支えていられず、敷き布の上に潰れたところで追い打ちをかけられ、頭の中でバチバチと白い光が弾ける。

「ぁ、ぁあっ、ひ、ぅ〜〜っ」

ビクリと身を強ばらせ、二度目の飛沫を噴いたところで、エマは自分を抱く、いや、戒める逞しい腕に手をかけ、泣き声を上げた。

「クラウス……っ、まって、こわっ、怖いのっ」

「っ、大丈夫だ、エマ。私がついている」

励ますように言いながら、奥を突かれて頭がまた白く爆ぜる。

ギュッと目をつむり、身を震わせながら、エマが「そうじゃない」と訴えるように首を横に振ると、クラウスはようやくわかってくれたのか、動きをとめて腰を引いてくれた。

「……んんっ」

ふくれた切先が引っかかり、ぬぽんとのどかな音を立てて抜けていく。

ホッと安堵の息をついたのも束の間。

「……すまない、エマ。そういえば、この体勢でするのは初めてだったな」

そのような言葉と共に腰をつかんでひっくり返され、ポスンと枕に背がぶつかったと思うと、膝をつかんで広げられる。

「顔が見えないのが怖かったのだろう？」

「え、ちが……っ、んんっ」

違う、そういうことでもない——と言いたくとも、粘ついた水音と共に下腹部から響いた快感に、抗議の言葉は喘ぎに溶けていく。

「ん、……ふ、っ」

くちゅくちゅと切先で蜜口をなぞるようにすりつけられ、嬲《なぶ》るような動きに、ついついエマは誘うように腰を揺らしてしまう。

——ああ、ついさっきまで「もうやめてほしい」と思っていたのに、もう欲しくなっているなんて……。

気恥ずかしさに頬を染め上げながら、クラウスの顔から視線をそらすように睫毛を伏せて、エマは、あ、と目をみはった。

——こんな姿をしていたのね……。

エマの視線は自分の足の間に陣取る、彼の雄へと向けられていた。

今さら、本当に今さらなのだが、いつも散々に蕩かされ、気付いたときには彼のものを受け入れてばかりで、まともに見たことがなかったのだ。

——本当に……これがいつも入っているのかしら。

涼しげに整ったクラウスの顔立ちからは想像もつかないほど、それは猛々しく、生々しい様相をしていた。

滑りを帯びた褐色の杭はエマの指では回りきらないほどに太ましく、ぴっちりと蜘蛛《くも》の巣のように走った血管が幹に浮き上がり、半ば白く濁った粘液にまみれている。

美しいとはとてもいえない形をしているのに、どうしてか目をそらせない。

その視線に気付いたのか、クラウスがどこか不安そうに問いかけてくる。

「……エマ、どうした？」

「あ、い、いえ、これほどのものが、よく入っていたなと思いまして……！」

思わず本音を口にすると、彼はパチリと目をみはり、それから、面映げに目を細めた。

「……そうだな。私も……」

頷きながら睫毛を伏せて、クラウスは自身の雄をエマの蜜口にすりつけると、くぷぷ、と切先を呑みこませた。

「こうして君の中に入るたびに、よく入るものだと感心する。……いや、感激……感動といった方が近いかもしれないな」

「っ、さようでございますか……、んんっ」

正確に表現する必要などないだろうに。

律儀に言い直すクラウスに少しの呆れと愛おしさを覚えたところで、また引き抜かれ、切先で蜜口をくすぐるように嬲られる。

「これほど小さな穴なのに……」

「っ、ぁあっ」

「こうして少し押すだけで私の形に広がって、快く呑みこんでくれる。まるで君に受け入れてもらえているようで、心が喜びに震えるのだ」

「っ、ぁ、あ、……ふっ」

詳細な解説と共にゆっくりと最奥を叩かれて、エマの方はぶるりと身を震わせる。

その拍子に彼の雄を締めつけると、クラウスは、は、と心地よさそうに息をつき、エマの下腹部、臍《へそ》の下あたりに手を這わせた。

「君は覚えていないだろうが……初めてのとき、ここまでは入らなかったのだ」

え、とエマは首を傾げる。

あのときも一番奥に当たっていた気がするのだが。

「……正確には、私のこれが根元まで入らなかったのだ」

「ぁ、そ、そうだったのですか」

「ああ。だが、今はこうして……」

「──っ、ぁっ」

一度引き抜き、あらためて奥まで埋めると、クラウスはうっとりと目を細めた。

「……すべて入る」

ひどく嬉しそうに告げられるのと同時に、少しだけ落ちつきかけていた魔紋の熱がジワリと増して、エマは息を喘がせる。

「……エマ、私を受け入れてくれてありがとう」

その言葉には物理的なものに対してだけではない想いがこめられているように感じて、エマは少しの呆れと共に、切ないような愛しさを覚える。

このようなときにこんなことをしながら、丁寧に礼の言葉を口にするなんて、あまりにも彼らしい。

「……どういたしまして」

「ああ。礼……というには私に利がありすぎるが、もっと君を愛でさせてくれ」

言葉通り、愛でるように下腹を撫でられて、ゆるりとエマはかぶりを振る。

「……いえ、もう充分いただきました」

「だが……」

「私はもう充分ですから……後は、あなたと喜びを分かち合いたいです」

そうねだれば、クラウスが小さく息を呑み、魔紋が燃え上がるように熱を帯びる。

「……わかった」

低く抑えた声が耳に届いた次の瞬間。

覆いかぶさってきた彼に唇をふさがれて、大きく腰を引いて雄を引き抜かれたと思うと、叩きつけるように打ちこまれた。

「〜〜っ」

エマの脳裏で白い光が弾け、重なった唇の間からは甘鳴が弾ける。

反射のように跳ねた身体を逞しい身体に押さえつけられて——。

そこからはクラウスはエマの望み通り、抑制を捨て、エマを求めてくれた。

「……エマ、……エマ……！」

譫言めいた声で名を呼ばれ、自身を刻みつけるように最奥を穿たれて、もたらされる途方もない快感と喜びに、知らずエマの目尻から涙が伝う。

「あっ、あ、ひ、んんっ、ぁあっ」

激しい律動に揺さぶられながら、エマは彼を受け入れた場所が熱に炙られて蕩けだし、彼の肉に絡みついて、二人の身体がまざってしまったような錯覚を抱く。

ぶじゅぶじゅと響く水音——とはもう呼べないほどの粘度を帯びた音に、鼓膜まで犯されていくようだった。

「ぁあっ、ふぅ、ひっ、も、やっ、やぁっ」

口付けの合間、過ぎた快感に怯えたエマの身体が、無意識に拒むような言葉を吐く。

それでも、クラウスは動きをとめるどころか、一瞬もゆるめることさえせず、いっそう強くエマを組み敷き穿ちながら、反論を封じるように唇を塞いだ。

その身勝手な振舞いに、エマが感じたのは——歓喜だった。

クラウスが我を忘れて自分を求めてくれている。

確かな実感に心まで甘く満たされ、いっそう深い悦びを覚えてしまう。

「んぅ、んんっ、ふ、ぁ、ひ、ぁあっ」

重ねた唇の間、息継ぎのように喘ぎをこぼしながら、エマは間断なく訪れる絶頂の波に揺らされ、溺れていく。

「……エマ」

意識が白みかけたところで、そっと両手で頬を挟まれ、名を呼ばれる。

目蓋をひらき、見下ろすクラウスと目があって、トクリとエマの鼓動が跳ねる。

エマを見つめる深い青の瞳。そこに灯る熱は、決して激しくはない。

けれど、そこにこもる熱量はエマを焦がし尽くすほどに大きい。

たとえるならば、熾火《おきび》。

心の奥底、魂の芯から静かに燃えているような、燃え盛る炎よりもずっと深く、消えることのない熱。

「……愛している」

もっともこれが正確な言葉だというように、確信と万感の想いがこもった囁きがエマの耳をくすぐり、心に染み入る。

「私もです」

そう囁き返そうとしたが、それは叶わなかった。

彼の言葉がエマの耳に届くと同時に、引き抜かれた雄を一思いに最奥に叩きつけられた衝撃に阻まれて。

「〜〜っ」

魔紋がこれまでにないほど、焼きつきそうなほどの熱を帯びる。

そして、一瞬の後、その熱が爆ぜるようにエマの全身へと広がった。

敷き布に散った長い髪の先から、頭の天辺、つま先まで、すさまじいほどの快感と高揚感で満たされる。

かすみゆく視界で、クラウスが心地よさそうに顔を歪めるのが見えた。

ふれあう逞しい身体が、微かに震えるのを感じて、エマはふわりと頬をゆるめる。

――ああ、嬉しい。

二人、同じ悦びを想いを分けあえていることに、心が震える。

こみあげる喜びに吐息をこぼし、そっと目をつむったところで、ふわりと身体が浮き上がるような感覚を覚えて。

そうして、エマの意識は満ち足りた幸福の中へと溶けていった。

エピローグ　溺れそうなのは私の方だわ

契約更新から二カ月が過ぎ、季節は秋から冬へと変わりつつある。

エマとクラウスの関係性——というよりも、外から見た二人の評価も。

想いを伝えあってからというもの、彼は二人の間に保っていた節度ある態度を「少しだけ」ゆるめた。

夜会に出れば、ここが定位置だというようにクラウスの手は常にエマの腰に回され、エマの口にするものを取るのも、口元に運ぶのも彼の役目になった。

人目をはばかることなく、「これは君の好きな味だと思う」と言っては、かいがいしく口に運ぶものだから、近頃は少しずつではあるが、夜会でも食事を口にする女性が増えてきているそうで、そのことをエマは嬉しく思っている。

夜会でしか食べられない御馳走《ごちそう》を、女性だけが味わえないのはやはり寂しいものだから。

そうして、日を追うごとにクラウスの愛妻家ぶりが知れ渡るにつれて、人々のエマに対する認識は、クラウスの「愛する妻」から「最愛の妻」へと更新され、社交界の集まりに顔を出す際に向けられる冷たい視線は、日に日に少なくなっていった。

同時にクラウスに注がれる女性たちの熱い視線も減っていき、今では二人の温度が中和され、生温い視線を向けられている。

今でも彼が多忙なのは変わらないが、それでも暇を見つけてはエマに会いに来て、少しでも多く二人の時間を持とうとしてくれる。

そして今夜もまた、内扉をひらいて、執務の途中で抜けだしたクラウスが夜食を載せた銀の盆を手に入ってきた。

「……今日も遅くまでおつかれさまです」

エマが窓辺の椅子から立ち上がって笑顔で迎えると、クラウスは嬉しそうに目を細めながら足早に近付いてきて、エマの前で立ちどまった。

「……ありがとう。起こしてしまったか?」

「いいえ。見ての通り、お待ちしておりましたわ!」

ふふ、と笑い混じりに答えて、差し伸べられた腕に身を委ねれば、待ちかねたように抱き締められた。

そして、そっと顎をすくわれたと思うと、涼しげな美貌が近づいてきて唇が重なる。

やさしく食まれ、ちゅ、と軽く吸われて、熱い舌で唇の隙間をなぞられて。

ゾクゾクと淡い痺れが頭の後ろに走り、下腹部の魔紋がジワリと熱を孕《はら》みはじめる。

あ、と吐息をこぼし、誘うように唇をひらいたところで、チリリと魔紋の疼きが増して――

スッとクラウスが身を離した。

「……さて、夜食にしよう」

そう言って何事もなかったかのようにティーポットを持ち上げ、向かいあった二つのティーカップに優雅な仕草で紅茶を注ぎはじめる。

そんな夫を、エマは「はい」と素直に頷いて椅子に腰を下ろしながらも、少しだけ恨めしく思ってしまう。

――欲しいのは私だけ……ではないはずなのに。

ガウンの前を掻き合わせ、そっと疼く箇所を押さえて溜め息をこぼす。

「……さあ、エマ」

ティーカップに注がれた紅茶と、薔薇模様の小さな皿に載ったビスケットサンドが目の前に供される。

ごまかされたようで少々悔しいが、それでも、こうして二人同じものを口にして、おなかを満たせるのは嬉しいことだ。

「……はい、いただきます」

エマはニコリと微笑んで答え、先《ま》ずはティーカップを口元に運んだ。

ふわりと立ちのぼる芳香が鼻をくすぐる。

秋摘みの茶葉ならではのまろやかで芳醇《ほうじゅん》な香りを胸いっぱいに吸いこみ、一口コクリと味わえば、果実めいた深い甘みが舌を慰めてくれる。

向かいに腰を下ろしたクラウスをそっと上目遣いに窺うと、微かに目元をほころばせつつ、ビスケットサンドをほおばっているところだった。

今日の紅茶はさほど濃くないので、ビスケットに挟まっているのはミルクジャムではなく、甘さ控えめのラズベリージャムだ。

エマも彼の真似をして、小ぶりのビスケットを口に押しこみ、サクリと噛み締める。

キュンと甘酸っぱいラズベリーの味わいとバタービスケットの香ばしい甘さが混ざりあい、ひとときの幸福を口内にもたらしてくれる。

ゆっくりとビスケットを堪能し、もう一口紅茶を飲んで、先ほどの疼きがようやく鎮まってきたところで、エマは以前から気になっていたことをクラウスに尋ねてみることにした。

「……あの、クラウス」

「どうした、エマ」

「契約の……第一条の第四項ですが、どうして〇《ゼロ》と五の付く日だけなのですか？」

第一条の第四項とは、最初の契約で「毎月十日を魔紋定着のための交合日とする」と定めていた、あの項目のことだ。

契約の更新にあたって色々と改定を行い、その際に、第一条の第四項にも手が入った。

エマは、最後の「禁止事項」と同じく、てっきり項目ごと削除されるものと思っていた。

けれど、なぜか「毎月十日」が「毎月○と五の付く日」に変わっただけだったのだ。

そのせいで、指定日以外は今日のように煽られるだけ煽られ、もどかしい思いを抱えることも少なくない。

次に彼と抱きあえるのは、明日の夜だ。

月に一回から最大六回に増えたのだから、充分といえば充分だとは思う。

それでも、「もう何の遠慮もなく抱きあってかまわないはずなのに！」と少々不満を覚えなくもない。

そういった理由で、少しばかりすねた気持ちで尋ねたのだが……。

「……何か不満な点があるのか？」

案ずるように眉を寄せながら問い返され、エマは返す言葉に詰まる。

そのように真剣に聞かれると、「はい、もっと遠慮なく抱きあいたいので不満です」などとはとても言えない。

「……いえ、ただ何となく、どうしてなのかしらと思っただけですわ」

うふふ、と笑ってごまかせば、クラウスは「そうか」とホッとしたように頷いて、それからまた表情を引き締めると厳かな口調で答えた。

「このような制約……契約が必要なのかと疑問に思うのも無理はない。だが、こうして定めておかねば私はすぐに君に溺れてしまう。きっと毎日欲望のままに抱き潰してしまうだろうから、自分への戒めとして残しておきたいのだ」

「……さようでございますか」

予想外――いや、ある意味ではクラウスらしい答えに、エマは努めてサラリと言葉を返しながらも、ジワジワと頬に熱が集まってくるのを感じた。

――本当にもう……生真面目がすぎるというか……。

そのような真剣な顔で言うことではないだろうに。

――でも、きっと本心なのでしょうね。

ティーカップを傾けるクラウスは、何の感情の揺らぎも感じていないというように涼しげな顔をしているが、実際のところ、今この瞬間もエマに欲情している。

きっと先ほどの告白で、気持ちが高まってしまったのだろう。

下腹部に刻まれた魔紋を通して、彼の昂ぶりが伝わってきて、その熱に負けてしまいそうなのは、いつだってエマの方だ。

契約で、エマから求める場合の制限は課されていない。

エマが妻の権利を主張し、夫の義務を果たすことを求めれば、いつだって彼は喜んで応えてくれるだろう。

――今のところ、我慢できてはいるけれど……。

エマは疼きを散らすようにそっと膝をすりあわせると、紅茶を一口飲んで心を落ちつけて、話を切り替えることにした。

「……そういえば、今日は王妃様からお返事が届いたのですよね」

エマと結婚してから、初めてクラウスは王妃に手紙を出し、その返事が来たのだ。

クラウスはパチリと目をまたたかせ、それから、「ああ」と神妙な表情で頷いた。

「妻に恋をした。運命の恋といって差し支えないほど、彼女を大切に思っている。彼女に恋をしたことを恥じてはいないが、約束を守れず申しわけない。そう、書いて送った」

「そうですか……それで、王妃様は何と？」

面映いような返事を聞くのが怖いような心地で、おずおずとエマが問うと、クラウスは何かを噛みしめるように黙りこんだ後、ふっと口元をほころばせた。

「励ましてくださった……のだと思う」

「え？」

「恋をしてしまったのならば仕方ありません。恋に溺れるのは愚かですが、恋をすること自体は悪いことではありませんから、その恋に溺れず、愛に育てていきなさい。あなたは陛下とは違うのですから、きっとできるはずです……とな」

「……それは、よろしゅうございましたね」

決して、手放しの祝福ではない。

それでも、王妃なりに精一杯、子供の幸せを祈っての言葉を選び、贈ってくれたのだろう。

そう、エマは思った。

クラウスも同じように感じたのか、語りおえた彼は長年の鬱屈が晴れたような、清々《すがすが》しい表情をしていた。

「ああ。ようやく母に認められたようで、気分がいい。だが……」

クラウスがゆっくりと立ち上がる。

そして、テーブルを回ってエマの傍らにやってくると、片膝をついて、恭しくエマの左手を取った。

「……エマ。私は他の誰でもなく、君に認められる、君に誇れる男でありたいと思う」

「……クラウス」

「だから、君に溺れて愛想をつかされぬよう、ゆめゆめ気を付けながら、生涯かけて君への愛を育てていきたいと思う」

深い青の瞳に真摯な光を湛《たた》え、彼が言う。

婚礼の日、大聖堂で口にした誓いよりも、強く、深い想いをこめて。

その瞳を見つめ返し、ジワリと胸が満たされるのを感じながら、エマはニコリと微笑み、彼の手を握り返した。

「……私も……あなたに誇れる女であるように、精一杯あなたを愛し、支えていきたいと思います」

そう告げた途端、クラウスの表情が和らぎ、同時にチリリとエマの魔紋が疼く。

──ああ、もう……！

今くらいは、そのような赤裸々な「本音」を教えてくれなくていいのに。

もっとも、嫌かと聞かれれば、決して嫌ではないが……。

──本当に、溺れそうなのは私の方だわ。

頬がほてるのを感じながら、エマはそっと目をつむる。

すると、ふっと何かを堪えるように彼が息を詰め、近付く気配がしたかと思うと、唇にやわらかなものがふれ、離れていった。

「……ん」

ゆっくりと目蓋をひらいたところで、抑えた──いや、抑えきれない熱の灯る深い青の瞳と出会う。

誓いの口付けめいた、厳かで慎み深いふれあいに物足りなさを感じているのは、エマだけではないのだ。

「……明日が、待ち遠しいな」

呟く声に滲む熱とその奥に潜む強い想いが伝わってきて、エマは胸の高鳴りと共に、あふれんばかりの愛しさと少しのもどかしさを覚える。

我慢などしないで、好きなだけ求めてくれてもいいのに。

絶対に愛想を尽かしたりなんてしないから。

——いつか……いえ、いつだって溺れてくださってかまいませんわ。

エマは自制が過ぎる夫に向かって心の中で囁くと、声の代わりに指先に想いをこめて、彼の頬をやさしく撫でた。

あとがき

蜜猫F文庫様ではお初にお目にかかります。犬咲です、こんにちは。

たくさんの魅力的な本がある中、拙作をお手に取っていただき誠にありがとうございます！

今作は、世間の理想から外れてしまって辛い思いをしたヒロインが、本当の魅力をわかってくれる人と巡りあい、愛しあうまでのお話です。

同時に「私は絶対に恋なんてしない！」と自分で自分をがんじがらめに縛ってしまっている生真面目ヒーローが身も心もほぐされて、「やはり無理だ、愛している」と自分に素直になるまでのお話でもあります。

それぞれ違った方向で不器用な二人の恋路を、最後まで温かく見守っていただきありがとうございます。

イラストをご担当くださったすらだまみ先生は、可愛らしさに艶っぽい質感、かっこよさ、細部の繊細さと何拍子もそろったイラストを描いてくださる方です。

ですので、私の未熟な文章も、すらだまみ先生のイラストでググッと魅力が底上げされて、なかなかにステキなラブストーリーになっているのではないでしょうか！

おそらく、きっと、願わくば……そうだといいなと思います。

それでは最後に、執筆の機会をくださったレーベル様、ご担当の編集者様、すらだまみ先生、そして何よりも、この本をお手にとってくださったあなたに心からの感謝を捧げます。

拙いお話ではありますが、少しでも楽しんでいただけましたら幸いです。

またどこかで、元気でお会いできますように！

犬咲

Mitsuneko Label

蜜猫F文庫をお買い上げいただきありがとうございます。
この作品を読んでのご意見・ご感想をお聞かせください。
あて先は下記の通りです。

〒102-0075 東京都千代田区三番町 8 番地 1 三番町東急ビル 6F
(株)竹書房　蜜猫F文庫編集部
犬咲先生 / すらだまみ先生

契約婚の花嫁は呪われ王太子の旦那様に美味しくいただかれました!?

甘々胃袋シェア婚はじめます

2023 年 11 月 29 日　初版第 1 刷発行

著　者　犬咲　©INUSAKI 2023

発行者　後藤明信

発行所　株式会社竹書房
〒102-0075 東京都千代田区三番町 8 番地 1 三番町東急ビル 6F
email : info@takeshobo.co.jp

デザイン　antenna

印刷所　中央精版印刷株式会社